KB196756

시간이 멈춰 선 화과자점,
화월당입니다

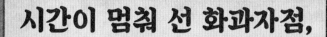

1장   영업 개시 7

2장   첫 번째 손님 이야기 · 초콜릿 전병 19

3장   두 번째 손님 이야기 · 매화꽃 화과자 63

4장   세 번째 손님 이야기 · 녹차 당고 135

5장   네 번째 손님 이야기 · 딸기 찹쌀떡 187

6장   사월의 이야기 · 작별의 밤 양갱 229

7장   에필로그 273

목
차

1장

영업 개시

삶이 달아나도 인연은 달아나지 않는단다.

할머니의 마지막 말이었다. 생의 유랑을 마친 할머니가 떠나는 날은 화창했다. 늘 소박하고 고요했던 그녀를 추모하기 위해 죽음조차도 햇살이 되어 내려앉았다. 풀꽃들이 유달리 아름다웠던 봄날, 나는 눈물을 흘리지 않았다.

할머니가 떠나가도, 스물일곱이나 먹은 내가 한 달 동안 할수 있는 일은 아주 많았다. 밥을 먹고, 머리를 자르고, 멈춰버린 시계의 건전지도 갈았다. 씩씩한 척이라도 하며 살아가니 시간은 잘만 흘렀다. 누군가의 죽음과 무관히 어제가 오늘이 되고, 오늘이 내일이 된다는 간단한 사실을 나는 오래전부터 경험했다.

그녀는 죽는 순간에도 두 팔을 곱게 모으고 단정히 잠들었다. 언제 어디서나 정갈했던 여인, 그래서 남겨진 삶의 흔적도 무척 쉽게 정리되었다.

"연화야. 요즘은 좀 어때?"

"괜찮아. 이제 마음 정리도 다 된 것 같아."

"넌 늘 괜찮대. 더 걱정되게."

이사를 도와주던 이령이 물티슈를 내밀었다. 다행히 나는 억지로 눈물을 참는 게 아니었다. 정말로 눈물이 나오지 않을 뿐이었다. 슬프지 않아서는 아니었다. 한 달 전, 벼락처럼 불시에 내 인생에 떨어진 할머니의 죽음이라는 사건은 당연히 슬펐지만 울고 싶지 않은 마음이라 해야 할까. 어린 시절에 이미 교통사고로 부모님을 떠나보냈기에 작별에 대한 내성이 생겼다.

뭐든 잘 이겨내는 어른이 되었다는 사실이 마냥 기쁘지는 않았다.

"이령아, 이사 기념으로 짜장면 쏜다!"

"오예!"

"사이드는 탕수육? 깐풍기?"

"더 비싼 걸로."

"오늘만 오케이."

혼자만의 공간에 오롯이 삶을 채운 기념으로 맛있는 걸 먹고 싶었다. 할머니가 살아 계셨을 땐 눈치가 보여 짜장면을 먹을 때 탕수육까지 시키지 못한 적이 많았지만 오늘은 그보다 더 비싼 깐풍기를 주문할 거다. 앞으로는 씩씩하고 즐겁게만 살 거다. 나는 할 수 있다!

느지막한 평일 오후의 중국집 배달 주문은 탁월한 선택이었다. 30분도 지나지 않아 음식이 도착했고, 이령이 기뻐하며 현관문을 열었다.

매콤하고 달짝지근한 향이 풍기는 깐풍기와 윤기가 흐르는 간짜장 두 그릇. 노르스름한 밀가루 면발을 꼼꼼히 감싸는 춘장에서 진한 기름 냄새가 났다. 가장자리가 튀겨지듯 익은 계란도 먹음직스러웠다. 이대로 먹기는 아쉬워서 고춧가루와 참깨를 토핑 삼아 뿌렸다. 이령의 몫 위에도 똑같이 뿌려주려 하니 그녀가 밥을 기다리는 강아지처럼 침을 꼴깍 삼켰다. 그 모습이 귀여워 일부러 손을 멈추었다.

"빨리 뿌리고 줘."

"주세요, 해봐."

"빨리 주세요, 우이씨."

"흐흐. 얼른 먹자."

그릇에 코끝이 닿을 기세로 일제히 돌진했다. 한동안은 후루룩거리며 면발을 흡입하는 소리만 들렸다. 이 집 괜찮네, 자주 시켜 먹어야겠어. 그런 사소한 대화조차 잊을 만큼 간짜장의 맛은 흡족스러웠다. 깐풍기의 새콤한 양념과도 궁합이 아주 좋았다.

이렇게 먹으면 살이 찐다든가 오늘 지출한 식비가 지나쳤다

든가 하는 고민 없이, 마주한 순간을 충실히 누렸다. 앞으로도 지금처럼만 살았으면 좋겠다. 슬프다거나, 그립다거나 하는 마음은 모르고 살고 싶으니까.

"화월당은 어떻게 처분할 거야?"

"내일 유산 관련해서 변호사님을 만나기로 했어. 할머니가 오래전에 이미 지정하신 분이라고 연락이 왔거든."

"네가 꾸려갈 생각은 없어? 너도 어깨너머로 제과법 배웠잖아."

"무슨 장사야. 취업 준비해서 공기업 가야지. 할머니랑 엄마, 아빠가 지금 하늘에서 고사 지내시지 않을까? 나 취업 성공하라고."

외가댁은 화과자 가게인 '화월당'을 대대로 이어왔다. 고조할머니가 증조할머니에게, 증조할머니가 할머니에게 물려주셨고 인테리어만 각 세대의 취향에 맞춰 바뀌며 운영되었다. 원래라면 엄마가 화월당을 이어받을 차례였으나 내가 열 살 때 돌아가심에 따라 어쩔 수 없이 할머니가 계속 운영하셨다. 조손 가정에서 자란 나는 초등학교 졸업 전까지는 화월당에서 종종 할머니와 시간을 보냈지만, 중학교 입학 이후로는 거의 가지 않았다.

한마디로 나는 지금의 화월당을 잘 몰랐다. 옆집 이웃의 이름도 모르고 사는 시대에, 가업이 있다고 한들 나와 멀게 느껴져 관심을 껐다. 더군다나 할머니는 늘 이렇게만 말하셨는걸.

"연화야, 잘 살아야 한다."

잘 살라는 말. 어른이 되면 좋은 곳에 취업해서 번지르르하게 살라는 말 아니겠어? 듣기로는 화월당 주변의 낡은 아파트들이 많이 허물어지면서 손님 수도 급격히 줄었다지. 게다가, 화과자를 찾는 사람이 원래 많지도 않았다. 요즘에는 마카롱이나 마들렌 같은 것을 더 좋아하니 화월당은 사실상 파리만 날리는 신세였다.

이령이 입가심으로 단무지를 아삭거렸다.

"화월당에 단골이 있다면 아쉬워하겠어."

"없을걸. 우리 할머니는 올빼미셔서 야밤에 주력적으로 운영하셨거든. 그래서 장사가 더 안 됐을 거야."

"멋진데? 심야 식당 같아!"

"심야 식당은 장사라도 잘되지……."

"근데 왜 심야에 장사를 하신 거래?"

기억 속의 할머니는 언제나 늦은 밤 시간까지 과자 반죽을 빚고 계셨다. 느지막한 점심쯤에 일어나셨기에 나는 아침에 혼자 밥을 챙겨 먹는 날이 많았다. 따라서 우리에게는 대화할 시간이 부족했다. 해가 저물면 할머니는 어떤 날에는 경단 위에 간장 소스를 바르고, 어떤 날에는 찹쌀 반죽에 오색 물을 들였다. 한 번도 왜 그 일을, 그 시간에 하는지 이유를 말씀하신 적은 없었다. 나는 그녀의 침묵이 어렵고 불편하여 마음에 거리를 두었다.

행여나 할머니가 나를 귀찮게 여기실까 봐 궁금한 것을 묻지 않고 살았다.

"손녀인 너도 잘 모르는구나?"

"응, 잘 몰라."

"그러면 이번 기회에 알아봐. 할머니에 대해서."

이령의 말에 옅게 웃고선 고개를 저었다. 누군가를 알아가는 건 멋진 일이겠지만, 상대가 곁에 있어야 가능하지 않을까. 이미 죽고 떠난 사람을 어떻게 알아간단 말인가.

"너 모르는구나. 원래 추억은 빈자리를 찾아 들어온대."

"그런가."

이령의 말대로 할머니가 삶에 남긴 공백들을 채우고 나면, 나는 더 씩씩한 사람으로 살 수 있을까? 그녀의 죽음을 깨끗이 털어내고, 한 점의 슬픔도 남기고 싶지 않았다. 그렇다면 앞으로 화월당을 처분하는 과정에서 할머니의 궤적을 조금씩 쫓아가는 일은 내 나름의 추모가 되어줄 것이다.

"좋아. 한번 알아보지, 뭐!"

힘차게 기합이 들어간 목소리에 이령은 자기 마음까지 동한 듯 밝게 웃어주었다. 힘이 되어주는 친구가 있어 외롭지 않았다.

할 수 있다, 할 수 있어. 주먹을 불끈 쥐고 평상시의 나처럼 씩씩하게 다짐해보았다. 누군가 어깨를 다독이며 응원해주는 듯한 온기가 느껴졌다.

❀

유산 상속 절차를 위임받은 변호사는 50대로 추정되는 남성이었다. 화월당 근처에서 작은 사무소를 운영했는데, 평일 저녁임에도 슈트의 각이 유지되어 있었다. 전체적으로 남색 톤의 깔끔한 차림새에 잔털 정리가 잘된 눈썹. 신뢰가 가는 외양이었다. 그는 내가 가져온 서류 일체를 확인한 뒤 금고에서 종이 뭉치를 꺼냈다.

"홍연화 씨, 상심이 크시겠습니다. 일단은 심심한 위로를 전달드리고요."

남자가 깍듯한 목소리로 커피 한 잔과 명함을 내밀었다.

"연락받으신 대로 임윤옥 님의 화월당 상속에 대해서 알려드릴게요."

커피는 믹스였지만 물과 분말의 비율이 완벽하여 희한하게도 맛이 좋았다. 나는 두 모금을 연달아 홀짝인 뒤 정중히 목례로 맞인사를 했다.

"화월당을 상속받으면 바로 처분하려고 해요."

"아무래도 고인이 남기신 채무 때문에 그러시지요?"

"네?"

순간 삼켰던 커피를 종이컵에 그대로 뱉을 뻔했다. 채무? 할머니한테 빚이 있었나? 그런 말씀을 하신 적은 없었다. 나는 화월당을 운영하지 않겠다는 의지로 처분을 결심한 것이지 빚을 갚으려고 한 건 아니었다.

"화월당 개업 후 적자가 계속됨에 따라 운영에 필요한 대출을 시행하신 것 같습니다. 모르셨습니까?"

"얼마인데요?"

"1억입니다."

"음?"

"1억이요."

아아, 할머니. 지금 내가 무엇을 듣고 있는 건가요. 1억요? 천만 원이라고 해도 심장이 철푸덕 떨어졌을 텐데 1억? 현실감 없는 액수에 헛웃음이 나왔다. 할머니는 장사에 욕심이 없으셔도 너무 없으셨지. 하지만 1억의 빚을 만든 건 너무하신 것 아닌가?

정신 차리자. 지금 내가 기절하면 그냥 병상에 누운 1억 채무자가 될 뿐이니까.

"하하하……. 놀랍네요. 1억이라, 하하……. 그래도 화월당 처분하면 변제가 가능하겠죠?"

16

"아쉽게도 지금 화월당은 부동산 업체에서 매물로 안 받아 줄 겁니다."

"예? 그건 또 왜요!"

"자리가 안 좋아요. 귀신 나온다는 소문이 많아서 화월당 근처에는 주택 하나 없잖아요. 그곳에 스님이랑 무당도 자주 들락거려요. 동네에 모르는 사람이 없을 정도지요. 똥값으로 내놓지 않으면 매매는 다 거절당할 거예요."

신이시여, 이건 너무 가혹합니다. 전 이제 막 사회에 뱉어진 순진무구 청춘이라고요. 나도 모르게 종이컵을 쥐고 있던 손에 힘이 들어갔다. 컵이 구겨지는 걸 보고서야 변호사는 추가 문서를 내밀었다.

"그래서 임윤옥 님이 조건을 남기셨습니다. 보시지요."

연화에게.

연화야, 이 편지를 볼 때면 나는 이미 세상에 없겠구나. 살아생전 너에게 많은 것을 가르쳐주지 못하고 가서 참으로 미안하단다. 하지만 염려 말거라. 화월당에 네게 필요한 모든 것을 두고 가마. '그것'을 받으면 1억의 빚도 갚을 수 있을 게다. 그 대신에 조건이 있단다.

첫째. 최소 한 달은 반드시 화월당을 직접 운영할 것.

둘째. 오후 10시부터 12시까지 심야 운영을 할 것.

셋째. 기다리며 살 것.

이런 편지는 친구들이랑 방 탈출 게임을 할 때나 보았는데…… 변호사는 화월당에 대한 명의변경과 권리 승계는 즉시 진행이 가능하지만, 할머니가 맡기신 '그것'은 나열된 세 가지 조건을 이수할 시에 제삼자에 의해 전달됨을 설명했다. 만약 위의 조건에 불응할 시 '그것'은 고인의 뜻에 따라 지역사회에 기부된다면서.

아니 잠깐만요, 그럼 나는 한순간에 1억 빚쟁이 빈털터리가 되는 건데요? 할머니, 혹시 살아생전 제가 뭔가를 잘못했나요. 저 주워 온 손녀인가요. 어째서 이런 일을! 나는 성미가 급한 편이라 호기심을 느끼면 즉각 풀기를 바라는 편이다. 살아생전 할머니와 친해지지 못했던 이유도, 할머니는 내 속도를 맞춰주지 않는 사람이었기 때문이다. 그런 그녀가 간단히 풀 수 없는 문제를 또 내 앞에 남겨두고 떠난 것이다.

2장

첫 번째 손님 이야기

초콜릿 전병

모두가 침대 위에 누워 내일을 마중 갈 시간, 가게 정문 앞에 섰다.

네온사인에 적힌 '화월당'이라는 세 글자에 분홍빛이 들어오니 한밤에 핀 벚꽃이 되었다. 자그마한 단층 주택을 개조하여 만든 화과자 가게. 이곳에는 노랗고, 붉고, 푸른 인테리어 소품들이 많았다. 동양풍의 헨젤과 그레텔 과자집 같다고나 할까. 벽면에는 한자로 작별과 축복이라는 글자가 쓰여 있었다. 그 아래에 용맹스러운 용이 유영하는 그림. 모든 것이 마치 하나의 부적처럼 보였다.

오랜만에 보니 낯설었다. 할머니는 설명하는 일에 능하지 않은 사람이었다. 어른으로서는 좋아도 가족으로서는 그보다 더 어렵기도 힘들달까. 내가 열 살이 된 해부터 나를 홀로 키운 할머니는, 가끔은 어린 나의 접근을 고의적으로 피하는 것처럼 보이기도 했다.

따라서 원치 않는 침묵을 지킨 적이 많았다. 친구 대하듯이 장난을 치면 경박하다고 여기실까 봐 집에선 늘 나답지 못한 모습으로 얌전히 생활했다. 그렇게 어려운 사람이 운영하는 가게인 화월당도 내겐 어려울 뿐이었다.

"빚만 청산하면 바로 팔아버리자……."

화월당 입구에 놓인 스테인리스 밥그릇에 나뭇잎과 먼지가 내려앉았다. 나뭇잎은 가게 바로 앞의 커다란 가로수에서 온 것이고, 먼지는 온 세상에서 찾아온 손님이었다. 그리고 이 밥그릇은 길짐승의 것이겠지. 가장 먼저 그릇의 쓰임새부터 되찾아주었다.

"야오옹."

먼발치 길목에서 온몸이 새까만 고양이 한 마리가 나타났다. 샛노란 두 눈에는 눈곱 하나 끼어 있지 않았다. 네온사인 불빛을 반사하며 반짝거리는 털끝이 유달리 깨끗했다. 꼭 누군가의 손길을 그리워하듯 녀석은 앞발로 제 털을 정돈했다.

❀

나는 화월당의 삐걱거리는 바닥 부분을 발로 꾹꾹 지르밟으며 천천히 매대로 향했다. 매대 위에 책자가 한 권 있기에 조심스럽게 펼쳤다.

화월당 레시피 : 1. 전병

　나 역시도 심심하면 집에서 베이킹을 하곤 했다. 새 학기에 친구들에게 잘 보이고 싶어서 구움과자 같은 것들을 나눠주며 점수를 따던 일이 연례행사였다. 그러니 화과자를 만드는 일 자체는 어색하지 않지만, 문제는 할머니의 퀼리티를 따라잡는 것이었다.

　'센베이'라 불리기도 하는 전병은 아시아에서 두루 사랑받는 과자류로 밀가루 반죽을 납작하게 밀어 구워내는 음식이다. 가장자리는 바삭하고, 중앙에는 파래 가루를 뿌려 짭조름한 맛이 특징인데 나는 파래를 별로 좋아하지 않는다. 차라리 더 잘 어울리는 재료로…….

　그때 입구 유리문에 달아놓은 쇠종이 울렸다.

　"오, 드디어 문 열었네요?"

　오픈한 지 30분도 되지 않았는데 손님인가 싶어 앞치마 끈을 허겁지겁 묶고 맞이 준비를 했다. 준비한 게 하나도 없기에 팔 수 있는 것도 없었다.

　"죄송한데, 아직 오픈 준비 중이라서요. 나중에 다시…….''

　"손녀분이 이어받으신다더니 진짜네요."

　대뜸 아는 척을 하는 손님은 내 기억 어디에도 없는 사람으로, 팔다리가 유독 얇고 긴 남자였다. 그가 어깨에 닿을 듯이

긴 머리칼을 오른손으로 쓸어 넘기자 하얗고 둥근 이마가 돈 보였다. 가로로 시원한 눈초리는 꼭 뱀 같아 보였으나 야비한 인상은 아니었다.

"오랜만에 오픈하셨으면 먼지부터 털어야죠. 여기에 특히 많이 쌓여요."

남자는 가게 오른쪽 구석의 자개장 위를 검지로 쓱 훑었다. 손가락을 내밀면서 재기발랄하게 웃으니 그의 긴 속눈썹이 유독 눈에 띄었다. 아무래도 이 가게에 자주 와본 사람인 듯했다. 그의 손에 묻은 하얀 먼지가 나를 무안하게 만들어 얼른 물티슈를 뽑았다.

"근데 누구……."

"저는 사월이고요, 재료 도매상입니다. 앞으로 저한테 잘 보이셔야 해요."

"예?"

"농담입니다."

봄 향기가 나는 이름을 가진 그는 대뜸 혼자 웃었다. 상자 꾸러미 하나를 내미는데, 제과에 필요한 식자재와 도구들이 들어 있었다.

아마도 할머니가 운영하던 시기부터 거래를 해온 사람이리라. 무슨 도매상이 야간에도 찾아오나……. 요즘 젊은 사람들은 참 성실하네.

"정산은 매달 말에 한꺼번에 해주시면 되고요, 에누리 안 되고, 사은품 없고, 원 플러스 원 없어요. 오케이?"

"해달라고 한 적 없는데요."

"깍쟁이처럼 굴어도 안 먹힌다는 뜻이었어요. 하하하."

조용한 밤에 이토록 큰 소리로 웃는 사람은 이 남자가 유일할 거다. 사월은 시종일관 무엇이 그리 좋은지 목젖이 보일 만큼 큰 입동굴을 보여주며 혼자 즐거워했다. 열 손가락을 곧게 펴 연거푸 머리를 뒤로 쓸어 넘기는 행동은 과장된 것처럼 보이기도 했다.

"알겠어요. 영수증 주시면 모아놨다가 월말에 정산할게요."

"할머니한테 운영법은 배웠어요?"

"아뇨, 배운 적은 없는……."

"역시 내가 누군지 모르는군요?"

"도매상이라고 하지 않았나요?"

사월이 내 쪽으로 고개를 낮게 숙였다. 그의 건강한 머리칼이 나의 뺨에 내려앉을 것 같았다. 거리감에 당황하여 몸을 뒤로 뺐다. 사월은 그런 나를 보고 어깨를 으쓱거렸다.

"당신이 연화 씨 맞지요? 홍연화."

"제 이름을 아세요?"

"알다마다요. 기억해둬요. 제가 준 재료요, 다른 사람한테는 주면 안 돼요. 무지하게 특별하거든요."

쇠종이 한 번 더 울렸다. 이번에는 노란색 꽃무늬 패턴 원피스를 입은 중년 여자가 입장했다. 낯설어하며 고개를 두리번거리는 몸짓과 불안한 눈빛으로 보아 이번에는 확실히 손님이었다.

사월은 손님이 온 것을 확인하고는 재빨리 목소리를 낮춰 속삭였다.

"사실 난 무당이고요, 할머니 유서에 적힌 '그것'도 알고 있지요."

"예? 정말인가요?"

그가 아이처럼 천진하게 웃더니 등을 돌려 나갔다. 나는 그에게 자초지종을 물을 기회조차 얻지 못했다. 가게 밖으로 나간 그와 눈이 마주쳤을 때, 그는 굵은 눈썹을 쌜룩거리더니 윙크를 했다.

미친놈인가? 왠지 불쾌해져 뒷모습을 노려보려다, 손님에게 나쁜 인상을 줘선 안 된다는 생각에 서둘러 표정을 풀었다.

"여기가 화월당 맞지요?"

"맞아요. 그런데 아직 영업 준비가 안 됐어요."

"벌써 밤 10시 30분이라 시간이 없어요."

"내일 오셔도 되는⋯⋯."

"아뇨! 오늘이요. 전병으로 부탁해요."

여자는 다급해 보였다. 영문을 몰라 입만 뻐끔거리며 어떻게 주문을 거절해야 할지 고민했다. 자영업자는 이래서 힘들구나. 도매상의 농간에 손님들의 무리한 요구까지.

"주인이면서 여기가 뭐 하는 가게인지 모르시는 거예요?"

여자가 의심이 가득한 얼굴로 고개를 꺾었다. 수상한 도매상과 손님, 둘 다 나보다 화월당을 더 많이 아는 것처럼 말했다. 그녀는 한숨을 쉬더니 내게 손을 내밀었다.

"시간이 없으니 얼른 잡아요."

"손님 손을요?"

"당신에게 알려줄게요."

죽기 직전의 소처럼 물을 잔뜩 머금은 눈이었다. 구슬픈 눈동자를 보자마자 손을 잡아줘야 한다는 직감이 뇌리를 스쳤다.

"나는 마흔일곱 살, 이름은 오희숙이었어요."

자신의 이름을 과거형으로 말하는 여자의 이질적인 체온이 내게 닿았다. 그 순간, 털끝이 곤두서며 모든 감각이 아스라이 무뎌졌다.

화월당의 진짜 영업이 시작되었다.

❀

마트에서 캐셔 일을 하는 마흔일곱의 희숙은 검지를 구부리는 일에 불편함을 느꼈다. 포스기의 버튼을 누를 때마다 빨리 처리하고자 힘껏 연타하다 보니 손가락 마디에 스트레스가 누적된 탓이었다. 희숙은 검지의 첫 번째 마디를 밴드로 감았다.

"벌써부터 낫는 기분이네."

익숙하게 계산대 자리에 서서 손을 펼쳤다. 이 정도의 아픔은 아픔 축에도 못 드니 걱정할 필요가 없었다.

그러나 보이지 않는 손가락에서 느껴지는 아픔은 어떻게 처리해야 할까.

"희숙 씨, 오늘은 오전만 일하고 일찍 들어가봐요."

"아녀요. 괜찮은데……."

"휴무에서 안 깔 테니 걱정 말고요."

"갑자기 왜요?"

"딸내미 생일은 챙겨야지요. 같이 일한 지가 오래라 다 압니다."

오늘은 딸의 스물일곱 번째 봄날이었다. 몇 번의 계절이 지나는 동안 묵묵히 계산대만 지켰던 희숙을 위해 사장이 베푼 선의였다.

희숙은 매년 연말마다 휴무를 수당으로 지급받고자 연차를 사용하지 않았다. 그런데 휴무 차감 없이 쉬게 해준다니. 그녀 입장에서는 이보다 더 좋은 선물은 없었다.

"오늘 드디어 쉬는 거야? 기분 좋아 보이네."

"딸내미 생일이라."

"근데 왜 자기가 기분이 좋아? 돈 쓰는 날이고만!"

"하하하. 그러게."

사장의 배려에 기분이 좋아진 희숙은 동료의 농담을 즐거운 표정으로 응수했다. 마트 오픈을 준비하는 아침마다 느끼던 옅은 긴장감이 멀리 달아났다. 이런 날에는 손님이 많아도, 아무리 적용이 까다로운 할인 쿠폰을 내밀어도 속상하지 않았다.

희숙은 주연을 낳을 때만 해도 딸이 자신에게 어떤 존재가 될지 전혀 알지 못했다. 스무 살, 그땐 너무나 어렸고 남편도 철딱서니가 없었으니까. 그녀는 지금의 주연처럼 스물일곱이 되던 해에 남편과 갈라섰다.

이후 딸이 늘 신경 쓰였던 이유는 속을 썩여서가 아니었다. 오히려 반대였다. 주연은 엄마의 고된 하루를 이해해주는 철든 자식이자 응원을 아끼지 않는 든든한 피붙이였다. 그래서 희숙은 주연을 생각할 때마다 손가락을 바라보았다.

"생일 선물은 샀고?"

"우리 딸은 선물 같은 거 사주면 부담스러워해."

"그런 딸이 세상에 어디 있어? 그래서 빈손으로 가려고?"

"과자는 사주려고."

"과자?"

"응. 우리 딸이 애기 때부터 좋아했던 거."

희숙은 주머니 속에 넣어둔, 출근 전 미리 준비한 흰 봉투를 만지작거렸다. 과자라는 말로 감춘 깜짝 선물이 준비되어 있었다.

"세희 씨, 내년 봄에 뭐 해?"

"무슨 1년 뒤의 계획을 벌써 물어. 그때도 이렇게 계산대나 지키고 있겠지."

"주말 하루 비워놓는 게 어때?"

"왜?"

"우리 딸 내년에 결혼해."

희숙과 동년배인 세희가 손으로 입을 가리며 놀란 기색을 내비쳤다. 그러고는 부채질하듯 희숙을 향해 손을 펄럭펄럭 흔들었다. 기쁜 소식을 듣자마자 절로 나와버린 호들갑이었다.

"너무 축하해!"

진심으로 축하해주는 동료 덕에 희숙도 덩달아 신이 났다. 내친김에 예비 사위 얼굴을 보여주겠다며 휴대폰 갤러리를 뒤졌다. 하필이면 그때 손님들이 계산대 컨베이어 벨트에 물건을 올려놓아, 두 여자는 머쓱하게 웃으며 할 일을 이어갔다.

희숙은 딸에게 많은 걸 해주지 못했음을 알고 있었다. 남들처럼 비싼 옷 한 벌 사주지도, 태가 나는 가방 하나 사주지도 못했다. 그럼에도 잘 키워줘서 고맙다고 말하는 딸은 희숙에게 가장 큰 상이자 벌이었다. 주연을 생각하면 벅차고, 동시에 죄책감이 들었다.

딸이 착하게 성장해줬음에. 외로움을 혼자서 감내했음에.

그러니 오늘은 휴무를 돈으로 바꿔왔던 노력이 빛을 발할 기회였다. 희숙은 주머니 속의 현금 봉투를 손으로 거듭 쓰다듬었다.

'다행이야. 해줄 수 있는 게 있어서.'

그날 희숙은 퇴근하기 전에 마트 제과 코너에서 파래 전병 한 봉지를 구입했다.

❀

해가 지지 않은 퇴근길이 낯설었다. 희숙은 옆구리에 파래 전병을 끼고 오랜만에 하늘을 구경했다. 딸이 태어난 봄이 스물일곱 번 반복되는 동안, 이날에는 한 번도 비가 온 적이 없었다.

'하늘도 축하해주나 보네.'

풍족하지 않아도 행복해질 수 있는 건 마음의 축복이었다. 희숙은 평상시와 다름없는 날씨에도 감사함을 느끼며 발걸음을 재촉했다.

딸이 퇴근하여 집으로 오기 전에 서둘러 저녁밥을 준비했다. 마음과 달리 희숙은 늘 표현에 서툴렀다. 사랑한다, 고맙다 하는 말은 생각만 해도 낯간지러워 몸이 배배 꼬였다. 그저 오늘의 미역국에 소고기를 듬뿍 넣는 것이 자신이 할 수 있는 최선이었다.

"엄마 오늘 일찍 퇴근했네?"

"응. 씻고 저녁 먹을 준비해."

귀가한 딸이 샤워하는 동안 참기름을 넉넉하게 두른 미역국이 보글보글 끓었다. 희숙은 식탁 위에 준비한 반찬들을 올리고 동그란 나무 그릇 하나를 꺼냈다. 마지막으로 파래 전병 몇 조각을 그 그릇에다 덜었다.

샤워를 끝낸 주연도 고소한 냄새에 이끌려 자리에 앉았다.

"잘 먹겠습니다."

"생일이니 많이 먹어."

가장자리가 바삭하게 익은 햄과 육전, 통깨를 넉넉히 뿌린 잡채, 시장에서 에누리도 되지 않던 고급 팥을 넣어 지은 팥밥. 겉으론 소박해 보여도, 생일상에 올라온 음식은 따져보면 하나하나 손이 많이 가고 시간이 많이 드는 것들이었다. 식탁 위에는 딸을 향한 희숙의 사랑이 넘쳐흘렀다.

이 두 사람의 집에서 사랑이란 언어가 아닌 맛으로 존재했다.

"파래 전병도 있네? 오랜만이다."

"밥 먹고 과자도 먹어."

희숙이 주연을 향해 나무 그릇을 내밀었다. 주연은 밥을 우물거리며 고개를 끄덕였다.

어린 시절, 주연은 엄마의 늦은 퇴근이 싫었다. 칭얼거리면 고단한 엄마의 얼굴이 더 고단해질 뿐임을 알았기에 애써 티를 내지 않으려 노력했지만, 조금이라도 더 곁에 있어주기를 바랐다. 그래서 어린 주연은 퇴근 시간에 맞추어, 엄마가 좋아하는 예능 프로그램을 녹화해두고 그녀가 늘 앉는 거실 바닥도 잘 닦아놓았다.

귀가한 희숙이 마주하는 집 안 풍경은 항상 똑같았다. 우스운 예능 프로그램이 틀어진 TV와 희한할 만큼 특정 부분만 반질반질한 거실 바닥. 물론 주연의 마음이 이것으로 들킨 건 아니었다. 희숙은 현관문이 열리자마자 강아지처럼 달려오는 딸의 얼굴을 보며, 딸이 애달프도록 자신만 기다렸음을 알아챘다. 당신이 집에 와서 너무나 기뻐요, 그 말만큼은 참았으니 어린 주연은 자기 마음을 잘 숨긴 줄 알았지만. 그런 어리석은 의젓함이 주연을 일찍 철들게 했고, 희숙의 마음을 아프게 했다.

주연이 출근하는 희숙에게 늘 부탁하던 것이 있었다.

"집에 올 때 과자 사다 주세요."

마트에 도착해서야 희숙은 딸이 무슨 과자를 좋아하는지도 모른다는 것을 깨달았다. 과자라면 보통 달거나 짜거나 둘 중 하나였다. 마침 제일 저렴한 파래 전병이 눈에 띄었다. 밀가루 부분은 달고, 파래 부분은 짭조름한.

'이걸로 괜찮으려나?'

긴가민가하며 구매한 전병을 건네자 주연은 마냥 기뻐했다. 원통 모양으로 길쭉한 과자 봉지를 가랑이 사이에 끼고는 하나씩 꺼내 오독오독 씹어 먹었다.

'좋아해서 다행이네.'

그 후로 희숙은 퇴근길에 주연에게 파래 전병을 종종 사주었다. 늘 같은 걸 주었으니, 주연도 늘 같은 빛으로 환하게 웃으며 행복해했다.

과거를 회상하던 희숙은 미역국을 한 숟갈 떠 먹고는, 그날 따라 유독 진한 감칠맛을 음미하며 말했다.

"줄 게 있어."

"뭔데?"

"보태 써. 얼마 안 돼."

희숙이 모퉁이가 꾸깃꾸깃해진 봉투를 내밀었다. 주연이 손을 내저었지만, 희숙은 묵묵히 한 번 더 내밀었다.

"괜찮아."

"엄마가 힘들게 모은 돈일 텐데……."

"그러니까 주는 거야."

주연은 자신의 결혼식이 엄마에게 부담이 되지 않기를 바랐다. 식을 성대하게 치를 욕심도 없어서 돈 얘기는 꺼낸 적도 없었다. 하지만 꼭 받아달라는 얼굴로 돈을 내미는 엄마의 정까지는 거절하기 어려웠다. 고마우면서도 미안한 마음에 고개를 푹 숙이고는 눈언저리를 비비적거렸다.

"아껴 쓸게."

희숙은 봉투를 받아준 딸에게 고마워하며 덤덤히 답했다.

"팍팍 써도 돼."

희숙은 미역국에 숟가락을 깊게 넣어 건더기를 퍼 올렸다. 입안에 파래처럼 짭조름한 미역이 가득 차자 희숙의 눈에서도 짭조름한 무언가가 흘러나오는 듯했다. 생경한 감정이 삶에 지친 중년 여자의 마음을 개운하게 환기시켰다.

그날 저녁 모녀는 TV 앞에 앉아 드라마를 보며 후식으로 전병을 마저 먹었다. 주연에게는 한 가지 습관이 있었는데, 전병 가장자리를 먼저 조각내어 먹고 중앙의 파래 부분은 따로 모아두는 것이었다. 가장자리를 다 먹고 나서야 파래가 박힌 조각을 하나씩 집어 먹었다. 그 모습을 보노라면, 희숙은 용돈을 아껴 쓰던 어린 주연이 떠올랐다.

과거에 둘은 이런 대화를 나눈 적이 있었다.

"엄마, 나 용돈 모은 걸로 새 양말 살 거야."

"양말 집에 많잖아. 돈 아껴 써."

"귀여운 걸 봤어."

"신발 신으면 양말은 남한테 보이지도 않는데 뭘 신경을 써. 돈은 꼭 필요할 때 써야지."

사치에 익숙해지지 않게끔 잘 타이른 덕에 주연은 돈을 허투루 쓰지 않는 아이로 성장했다. 시키지 않아도 알아서 저축하는 습관은 덤이었다. 넉넉한 환경에서 키우지 못해 희숙은 늘 미안함을 느꼈지만, 그 반작용으로 오히려 경제적 자립심을 키워줬으니 나쁘지 않게 생각하기로 했다.

주연이 파래 부분을 늘 따로 모아두는 것도 절약이 몸에 배어서일까. 희숙은 전병을 오독오독 씹어 먹는 딸을 보니 어린 시절의 딸과 마주한 기분이었다.

"뭘 그렇게 쳐다봐?"

"이제는 실컷 먹어도 되지 않나 싶어서."

"전병?"

"응. 굳이 파래 부분 안 모아도 돼. 한 봉지 더 사줄 수 있어."

"어이구 엄마가 웬일? 됐네요."

둘은 그날 밤늦게까지 TV 앞에서 수다를 떨었다. 소소한 이야기로 늦은 밤을 함께 보낼 수 있어 희숙은 행복했으나 한편으로는 아쉽기도 했다. 이리 다정한 딸이 이제는 집을 떠나 새로운 가정을 꾸린다는 사실이. 휑해질 거실을 상상하면 괜스레 울적했다.

희숙은 그 마음을 감추려고 주연이 모아놓은 파래 박힌 조각 중 하나를 쓱 뺏어 먹었다.

"너 빨리 독립해서 나갔으면 좋겠다. 이런 과자 나 혼자 다 먹어버리게."

주연은 이 말이 거짓임을 모르지 않았다. 그녀는 이제 엄마의 언어에 통달한 세상 유일의 해독가였다.

"자주 놀러 올게."

"놀러 오라고 말 안 했는데."

"아쉽잖아."

"결혼해서 친정집 자주 드나들면 보기 안 좋대. 신혼집에 본드 붙여놓은 것처럼 붙어 살아."

"또 마음에 없는 소리 하기는."

"네가 내 마음을 어떻게 아니?"

"아주 잘 알지."

희숙은 입안에서 다 녹아버린 전병의 끝맛을 음미했다. 그동안에 주연은 방으로 들어가더니 뭔가를 부스럭거리며 가져왔다.

백화점 쇼핑백이었다.

"난 엄마가 이걸 받고 뭐라고 할지도 다 알지."

희숙이 어리둥절한 얼굴로 쇼핑백 안에 손을 집어넣었다.

매끈매끈하고 가벼운 물체가 느껴졌다.

"고생 많았어, 엄마."

꺼낸 물건은 다름 아닌 원피스였다. 하얀 실크 위에 노란 수국이 한아름 피어 있었다.

"이게 뭐야?"

"선물이지. 다음에 가족사진 찍을 때 입고 찍자."

"오늘은 네 생일인데……."

"이 집에서 챙기는 내 마지막 생일이니까 엄마한테도 고맙다는 말을 하고 싶었어."

주연은 쑥스러웠는지 소파에 엉덩이를 푹 눌러앉고선 리모컨만 만지작거렸다. 희숙은 한 문장밖에 모르는 사람처럼 뭐 이런 걸 사 왔냐는 말만 연발하며 원피스를 펼쳐서 보고 또 보았다.

딸이 언제 이렇게 커서 자신이 축하받을 날에 남을 축하하는 사람이 된 걸까. 언제 이런 어른이 되어서 엄마를 웃게 할 뿐 아니라 울릴 수도 있게 된 걸까. 희숙은 딸 앞에서 주책을 부리고 싶지 않아 얼른 소맷단으로 눈가를 훔쳤다. 연거푸 문질러 한 방울도 남지 않게끔 물기를 닦았지만, 차오르는 마음에는 멈춤이 없었다.

"엄마는 마음이 너무 여리다니깐……."

주연이 슬쩍 다가와 뒤에서 희숙을 안았다. 희숙은 더 이상

눈물을 닦지도, 원피스를 펼치지도 못하고 복잡한 감정 속에 굳어버렸다.

고맙다고 화답할 수 있다면 참 좋을 텐데. 그리 생각하며 베란다 창 너머의 사랑스러운 어둠만 하염없이 바라보았다.

접시 위 파래 부분만 남은 전병이 그녀의 마음을 머금고 조금 눅눅해졌다.

❦

주말의 정오. 주연은 문구점에서 고급 편지지와 실링 스티커를 사 왔다. 비빔국수를 해 먹으려고 부엌에서 소면을 준비하던 희숙이 거실로 나와 기웃거렸다.

"편지 쓰려고?"

"응. 자필 청첩장을 만들려고."

예비 신랑인 기훈의 방문이 예정된 날이었다. 주연은 오늘 함께 청첩장을 만들 생각인데, 그가 오기 전에 미리 다섯 부 정도 연습 삼아 써보겠다고 했다.

"요즘 세상에 누가 자필로 청첩장을 써? 주문 제작해."

"나랑 기훈 씨 쪽 하객 다 합쳐봤자 50명도 안 돼. 원체 작은 규모잖아."

"그래도 그렇지⋯⋯."

주연과 기훈은 천성이 비슷했다. 선하고, 소박했다.

두 남녀는 남들만큼 다복한 가족이나 친지를 갖지 못했다. 일찍부터 일에 전념하느라 친한 친구도 적어 결혼식은 조촐할 예정이었다. 다행히도 주연과 기훈은 이것을 불행으로 생각하지 않았다. 오히려 돈을 절약할 수 있어 좋고, 불필요한 과정도 축소할 수 있으니 효율적이라며 안도했다. 주어진 상황을 긍정으로 받아들이는 순간, 타인의 기준에서 안타까운 일이라 평가되는 것들도 그들에게는 축복을 위한 계단이 될 뿐이었다.

"일일이 다 쓸 수 있겠어?"

"재료도 넉넉히 샀고, 결혼식까지 여유도 있어."

"돈 써도 되는 일에 괜히 궁상 부리는 것 같아서 보기 싫네."

"에이, 엄마, 그렇게 말하지 마. 하나하나 내 손으로 꾸려가고 싶어서 그래."

희숙은 주연이 돈을 아끼기 위해 힘든 노동을 한다고 판단하여 딸을 설득해볼까 했으나 이내 포기했다.

"내가 좋아서 하는 거야."

딸의 얼굴은 진실로 행복해 보였다. 참으로 어쩔 수 없는 아이구나. 희숙은 주연을 대견히 여겼다. 한편으로는 죽을 때까지 아픈 손가락이자 귀한 손가락일 수밖에 없다는 운명을 되새김질했다.

"나도 면 삶아질 때까지는 도와줄게."

"그럼 내가 청첩장을 쓰면, 엄마가 봉투 안에 넣고 스티커로 입구를 봉해줘."

희숙은 주연이 시킨 대로 차근차근 따라갔다. 자필 초대글이 쓰인 청첩장 한 장을 받아 봉투 안에 담고, 붉은 실링 스티커를 붙였다. 가게에서 파는 기성품처럼 예쁜 청첩장 한 통이 완성되었다. 은근히 재미가 있었다.

"엄마, 나 다음 생에 태어나면 캘리그라피 전문가가 될래."

"굳이 다음 생에 해? 퇴근하고 취미로 해."

"안 돼. 다시 태어나야 해. 내 글씨 좀 봐."

열정과 달리 주연은 손글씨에 딱히 재능이 없었다. 간신히 개발새발만 면한 우스꽝스러운 글자들. 희숙은 어처구니가 없어 파, 하고 웃어버렸다.

"엄마는 다음 생에 뭐로 태어나고 싶어?"

"그냥 지금처럼 살면 되지."

"영화배우나 사업가 같은 꿈 없어?"

"글쎄……."

TV에선 마침 예전에 함께 보던 예능 프로그램에 자주 등장했던 가수가 나오고 있었다. 그는 열심히 신곡을 부르며 무대를 누볐다.

"가수는 한번 해보고 싶으네."

"왜?"

"가사로 온갖 말을 다 할 수 있잖아."

화면 속에서 낯간지러운 가사를 신나게 불러대는 가수의 얼굴이 연달아 클로즈업됐다. 희숙은 그의 얼굴을 보며 상상했다. 딸에게 하고 싶은 말을 부끄러움 없이 해내는 자기 모습을. 상상만으로도 민망해 머리를 긁적였다.

"엄마, 소면 끓는 거 아니야?"

부엌 불 위에 올려둔 냄비가 들썩였다. 그제야 상상을 멈춘 희숙이 일어났다.

"내 정신 좀 봐. 탈 뻔했네."

일 때문에 피로가 쌓인 탓일까. 희숙은 요즘 들어 사소한 것들을 잘 깜빡했다. 다행히 중요한 것은 잊지 않으니 큰 문제는 생기지 않았지만 휴식이 필요한 시점이었다. 서둘러 불을 줄이고 나무젓가락으로 냄비 안을 휘저었다. 푹 삶아진 소면이 물속을 해파리처럼 헤엄쳤다.

알맞은 타이밍에 초인종이 울렸고, 주연이 현관으로 달려갔다. 문이 열리자마자 인사부터 외치는 기훈의 목청이 쩌렁쩌렁했다. 힘차고 건강한 음성을 들으며 희숙은 행주에 손을 비벼 닦고선 한걸음에 현관으로 향했다.

"장모님, 저 왔어요."

기훈은 반가운 미소를 보이면서 손으로는 단정히 신발을 정리했다. 요란한 옷을 입을 줄 모르는 남자라 늘 깔끔한 코트나 재킷 차림이었고, 주연의 집에 오는 날이면 가진 옷 중 가장 좋은 옷으로만 골라 입었다. 이마가 시원하게 드러난 머리와 둥그런 귓불에는 딸만큼이나 생동감 넘치는 젊음이 서려 있었다. 딸과 딸애가 선택한 연인. 희숙은 딸에게 가장 큰 행복이 될 사람을 물끄러미 보며 고개를 끄덕였다.

"비빔국수 만들어 먹을 건데 같이 먹을 거지?"

"그럼요. 후식은 제가 챙겨 왔어요."

"그래. 설거지도 네가 해라."

"하하, 당연하지요."

기훈이 식탁 위에 온갖 간식이 담긴 비닐봉지를 올려놨고, 주연은 곁에서 또 괜한 돈을 썼다며 타박했다. 희숙은 둘의 모습을 바라보며 자신과 달리 딸아이는 저 화목함을 오래 누리기를 바랐다. 주연이 결혼을 선언한 이후로 희숙은 딸을 바라볼 때면 이상하리만치 그립고, 슬프고, 기쁘고, 행복했다. 주연이 결혼하여 이 집에서 떠난다 해도 꿋꿋이 살아가야 하는 건 마찬가지인데 삶 하나를 통째로 내어주는 일처럼 한 세상이 떠나는 기분이 들었다. 모든 감정이 손에 손을 잡고 밀려왔다가 다시 달아나는 나날이었다.

삶아진 밀가루는 냄새마저도 달아 괜스레 아쉬웠다.

양념에 신경을 쓴 비빔국수는 평소보다 맛이 강했다. 혓바닥이 염분기로 쫀쫀히 코팅된 듯 갈증이 났지만, 기훈은 싫은 내색 하지 않고 한 그릇을 다 비웠다.

세 식구가 거실 바닥에 일렬로 앉아 청첩장 작업을 진행했다. 주연이 글을 쓰고, 기훈이 편지지를 봉투에 넣으면 희숙은 봉투 입구를 실링 스티커로 봉했다. 20부쯤 쌓이자 주연은 팔이 아프다며 소파 위에 벌러덩 드러누웠다. 기훈이 이때다 싶어 비닐봉지 안을 부스럭거리더니 초콜릿 비스킷을 꺼냈다.

희숙은 기훈을 말렸다.

"주연이 그런 거 안 먹어. 기다려봐, 내가 전병 꺼내줄게."

기훈이 비스킷 곽을 열며 의아한 표정으로 되물었다.

"이거 주연이가 제일 좋아하는 건데요?"

주연은 기훈이 건네는 비스킷을 받아 날름 입안에 넣었다. 희숙의 입장에선 처음 보는 과자를 먹는 건데도 좋아하는 딸의 모습이 낯설었다.

"어머니, 주연이는 단거 좋아해요."

"이걸 좋아한다고?"

"네. 밥 먹고 나면 항상 초콜릿 과자를 먹었어요. 짠맛보다는 단맛을 더 좋아하거든요. 화이트데이 날이면 눈밭의 강아지처럼 신나 했는데, 이 썩을까 봐 늘 걱정했어요."

주연이 배를 통통 두드리며 장난스레 거들었다.

"우리 엄마는 날 잘 몰라."

그 말이 희숙에게 작은 돌처럼 굴러와 콕 하고 박혔다. 주연과 기훈은 저들끼리 앉아 비스킷을 나눠 먹으며 재잘거렸고, 희숙은 전병이 들어 있는 과자 바구니를 떨떠름한 표정으로 바라보았다.

'이걸 제일 좋아하는 게 아니었어?'

희숙은 투명한 비닐에 담긴 갈색 과자를 한참 바라보았다. 분명 이 과자를 사주면 좋아했는데. 한 번도 거절하지 않고 잘 받아먹었는데.

문득 희숙은 어린 주연에게 전병을 건네며 자신이 했던 말을 떠올렸다.

'이게 제일 싸고 양도 많단다.'

늘 그런 말을 하면서 과자를 줬었다.

생각해보면 주연은 바라는 게 너무 없었다. 과자를 사달라고 했을 때도 무슨 과자를 먹고 싶은지 밝히지 않았었다. 사실 주연이 원한 것은 '과자'라는 단순한 물성이 아니라 자신을 생각하며 과자를 고르고, 계산하고, 챙겨 귀가하는 엄마의 세심한 마음이었는지도 모른다.

그제야 희숙은 자신이 표현을 숨기며 살아온 만큼 딸 역시도 하고 싶은 말을 하지 못한 채로 살아왔다는 걸 인지했다.

고개를 돌려보니 스스로 선택한 사람 곁에서, 진실로 좋아하는 간식과 함께 행복해하는 존재가 있었다. 봄날의 눈이 녹듯이 고개를 부드럽게 누그러뜨리며 웃는 저 여자는, 어린 시절부터 이미 어른으로 살아왔던 걸까. 희숙의 심장 한편이 욱신거렸다.

주연은 참으로 그녀의 아픈 손가락이었다.

❀

며칠이 지난 평일 아침. 주연이 기훈과 결혼식 준비로 바쁜 일정을 소화하는 날이었다. 희숙은 평소보다 귀가가 늦을 거라는 딸의 말을 듣고, 오늘이 기회라 생각했다.

이번에는 희숙이 직접 휴무를 신청했다. 다행히 상주 직원이 많은 날이라 금방 승인되었다. 그녀는 평소처럼 마트 제과점에서 전병을 산 후 바깥으로 나가 베이킹숍에 들러 제과용 초콜릿과 버터, 생크림을 골랐다.

"손님, 고르신 초콜릿이 다른 초콜릿이랑 원료가 달라서 쉽게 녹지 않는데 괜찮으신가요?"

"이 초콜릿이 안 좋은 건가요?"

"아뇨. 카카오 향이 오래가는 프리미엄 제품이라 중탕 조건이 까다로운 거예요. 약불에 오래 녹여주셔야 해요."

"이게 더 좋은 제품이란 거지요?"

"맞습니다."

"그러면 그냥 주세요."

점원은 다른 초콜릿보다 녹이는 데 시간이 소요된다는 주의사항을 다시 한 번 전달했다. 시간적 여유가 있었던 희숙에게 그 점은 불편한 옵션으로 작용하지 않았다. 오히려 더 좋은 재료로 만들어줄 수 있다는 점이 기뻤다. 오늘은 오랜 세월 모르고 살았던 주연의 마음을 늦게나마 깨달은 엄마로서 노력을 해보는 날이었다.

계획은 간단했다.

그간 미안했던 마음을 담아 직접 초콜릿 전병 만들어주기. 블로거들이 올린 레시피를 보니, 기존의 전병 위에다 초콜릿만 묻혀 굳히면 되기에 어렵지 않았다. 버터와 생크림을 추가하면 좀 더 풍미가 좋아지는 정도였다. '네가 어떤 사람인지 사려 깊게 살피지 못해서 미안해.' 초콜릿 전병이 마음을 대신할 예정이었다.

집에 도착하자마자 중탕용 냄비를 불 위에 올리고 초콜릿을 투하했다. 그 옆에 면장갑과 나무 수저 등 필요한 도구 세팅까지 마쳤다. 점원의 말대로 초콜릿이 녹으려면 시간이 제법 걸릴 것 같았다. 기다리는 동안 주연이 선물한 원피스를 다림질

했다.

"어쩜 색도 이렇게 내가 좋아하는 걸로 골랐을까?"

자신은 딸의 취향을 몰랐지만, 딸은 자신의 취향을 잘 알았다. 이런 섬세함의 차이가 기쁘고도 미안했다.

희숙은 잘 다린 원피스를 입고서 주연, 기훈과 함께 사진을 찍을 날을 상상해보았다. 그러자 슬픔보다 기쁨이 크게 느껴져, 딸에게 미안해하는 와중에도 웃음이 나왔다.

"유튜브 좀 볼까."

다림질이 끝난 뒤 희숙은 소파에 일자로 누워 휴식을 취했다. 거실까지 퍼지는 초콜릿 단내를 맡으며, 마트 직원들이 재미있다고 했던 10분짜리 영상을 재생했다. 피식거리며 웃다 보니 온몸의 긴장과 피로가 가셨다.

베란다 창 너머로 선선한 바람이 들어오는 오후였다. 아파트 단지 놀이터에서는 아이들이 끊임없이 재잘거리고 있었다. 평온하고 따뜻한 날이었다. 영상이 3분 정도 남은 시점에 희숙의 눈이 스르륵 감겼다.

"일 안 하고 쉬니까 이렇게 좋구나."

그녀의 육체가 온천 물에 담근 솜사탕마냥 노곤히 풀어졌다.

얼마나 지났을까. 영상은 진작 종료되어 휴대폰 화면이 검게 전환되어 있었다. 희숙은 비몽사몽한 상태였다.

"무슨 냄새지?"

부엌 쪽에서 후끈한 열기가 느껴졌다. 불길한 기운에 정신이 확 든 희숙이 서둘러 상체를 일으켜 세워 부엌을 바라보았다. 시선의 끝에는 불덩이가 있었다.

아연실색하여 얼른 자리에서 일어났지만, 불은 손부채질로 간단하게 끌 수 있는 정도가 아니었다. 희숙은 10분만 자려다 꼬박 한 시간을 잠들어버렸고, 그사이에 가스레인지 곁에 두었던 오븐 장갑과 나무 수저에 불이 옮겨 붙었다. 창 너머로 불어오는 따뜻하고 건조한 바람을 따라 불길은 커졌고, 부엌의 마른 행주와 테이블보, 의자, 식탁까지 모조리 번져갔다. 콘센트에 꽂아놓은 노후한 주방용 가전제품에서 스파크가 튀더니, 불길이 그 스파크까지 몽땅 집어삼켜 더 커다란 불꽃을 만들었다. 희숙의 눈가에 서려 있던 잠기운은 꼬리까지 모조리 잘려 나갔다.

"어쩌면 좋아, 세상에……."

희숙은 크게 당황하여 이성적인 판단이 잘 되지 않았다. 일단은 베란다 창문을 닫아 바람이 들어오지 못하게 막았다. 119

에 전화를 하려다 손이 몹시 떨려 몇 번이고 휴대폰을 놓쳤다.

화마는 더욱 커져 부엌을 벗어나 거실과 안방까지 침투하려 했다. 조금 전까지 희숙이 누워 있던 소파가 가장 위험했다. 크기가 크고, 소재는 패브릭이라 불이 붙으면 집을 몽땅 태우고도 남을 게 분명했다. 희숙은 놓친 휴대폰을 집어 재빨리 신고해야 함을 알면서도, 마음이 조급해져 어떻게든 불길을 막기 위해 옷이나 이불 등으로 덮어보려 했다. 하지만 영화에서 보던 것과 달리 불길은 잡히질 않았다. 그사이에 집 안 가득 새까만 연기가 찼다. 희숙은 아스라이 두통을 느꼈다.

"시, 신고부터 하고 일단 나가자. 침착하자, 침착!"

도저히 방도가 없음을 깨달은 희숙이 119에 신고를 한 뒤 신발을 구겨 신고 현관문을 열었다. 그리고 이웃집 초인종들을 다급히 눌렀다. 자각하지 못한 순간에 눈물이 폭포처럼 쏟아졌다.

"402호 사람인데요! 집에 불이 났어요! 위험할지도 모르니 대피하세요!"

"불이라고요?"

깜짝 놀란 이웃들이 문을 열고 나왔다. 다들 소화전을 사용하려 했으나 사용법을 제대로 알지 못하여 허둥대기만 했고, 그 와중에 희숙의 집 문밖으로 검은 연기가 비질비질 기어 나왔다. 경황이 없는 이웃들은 모두 아연실색했다.

"일단은 1층으로 대피합시다! 불이 꽤 커서 우리가 못 잡겠습니다."

이웃들이 겨우 희숙을 달래며 함께 1층으로 대피했다. 어느덧 둔탁한 연기가 아파트 통로를 전부 채웠다. 어려운 살림에 저렴하게 구한 전셋집이었다. 오래전 부동산 중개인이 말했던 '소방서랑은 거리가 조금 있다'는 정보를 신경 쓰지 않은 게 이제야 후회가 되었다.

낮잠을 자지 말걸. 불을 끄고 잘걸. 희숙은 한참을 괴로워했다. 그래도 다치지는 않아 다행이라고 안심하려던 그때, 두고 온 귀중품이 생각났다.

"아! 주연이 청첩장!"

기훈과 함께 셋이 도란도란 만든 소중한 편지. 그것은 주연이 바쁜 시간을 쪼개어 정성을 담아 손수 제작한 것이었다. 연약한 사랑을 불길 속에 그대로 두면 몽땅 타버릴 게 분명했다. 또한 거실에는 주연이 선물한 원피스도 있었다. 희숙의 숨이 가빠졌다.

"안 되는데……. 얼마나 열심히 만들었는데……."

희숙은 불에 타버려 재가 될 청첩장을 상상했다. 고르고 골라 산 TV, 중고로 들여온 옷장, 큰마음 먹고 산 양문형 냉장고. 그런 것들은 다 타버려도 괜찮았다. 목숨보다 소중하지 않았다. 하지만 기훈과 주연의 손길이 닿은 청첩장만큼은 태워버리고 싶지 않았다.

불이 붙으면 속절없이 활활 타버리는 그깟 종이 묶음 따위가 중요했다. 푼돈으로 얼마든지 사고팔 종이, 인쇄소에 맡기면 몇천 부고 다시 찍어낼 수 있는 그깟 종이. 청첩장은 너무나 하찮은 물건이었다. 그러나 사람을 어리석게 만드는 것은 대단한 물건이 아니었다. 그 하찮고 사소한 물건에도 깃드는 마음이야말로 사람의 발을 동동 구르게 만드는 골치 아픈 녀석이었다.

희숙은 왠지 그 청첩장을 포기하는 일이, 딸이 찾은 소박한 행복을 모두 저버리는 일처럼 느껴졌다. 딸의 마음을 털끝 하나 다치게 하고 싶지 않았다. 결국 희숙은 몸을 돌렸다.

"아주머니 어디 가세요?"

"물건 몇 개만 가지고 다시 나올게요!"

이웃들이 만류해도 소용없었다. 이미 희숙은 저만치 달려나가버렸다. 가파른 계단을 올라가는 그녀를 붙잡기 위해 사람들이 뒤늦게 쫓아갔으나 잿빛 연기에 겁을 먹고는 포기했다.

희숙은 소맷단으로 코와 입을 막고서 402호로 들어갔다. 불길이 훨씬 더 무섭게 커져 있어 다리가 후들거렸으나 주연의 방은 다행히 현관문과 가까웠다.

'청첩장만 챙기면 돼. 그러면 돼……'

어려운 일이 아니었다. 더도 말고 덜도 말고 딱 하나만 챙기면 될 일이었다. 불길을 피해 주연의 방으로 들어갔다. 연기 때문에 시야가 어둑해 잘 보이지 않았다. 매운 눈을 비벼가며 겨우 청첩장 뭉치가 든 쇼핑백을 찾았다. 무사히 나가려는데 다림판 위에 놓인 원피스가 보였다.

'저것까지만!'

다행히 가까이 있어 그녀는 서둘러 잘 다려진 원피스를 품 안에 넣었다. 그 순간, 희숙은 머리가 조각조각 분절되는 극심한 두통을 느꼈다. 숨을 쉬는데도 질식감이 목을 죄었다. 정신을 차리기 위해 자신도 모르게 숨을 더 크게 들이마셨다.

'나가기만 하면……'

자꾸만 기침이 나왔다. 쇼핑백에 가득 담긴 딸애의 사랑이 여기서 어서 달아나자고 그녀를 채근했다. 희숙은 그럴수록 조급해져 숨을 더 몰아쉬었다. 순간 뒤통수를 후려맞은 듯한 압박감에 눈이 질끈 감겼다. 몸 안에서 무언가가 쑥 빠져나가는 기묘한 느낌에 다리가 후들거렸다. 겨우 정신을 차리고 몸에 힘을 줬다. 현관문은 멀지 않았다. 계속해서 한 걸음, 두 걸음, 앞으로 나아갔다. 시야가 울렁거리고 목이 탔다. 생각이 잘되질 않았다. 기침을 하면, 매캐한 연기가 더 파고들어와 뇌까지 집어삼켰다. 그래도 기침은 참아지지 않았다.

여기서 벗어나면 다 해결될 일이었다. 소박한 집, 작은 집.

그녀가 반평생을 살았던 건축물은 딸에 대한 사랑을 박탈할 만큼 크지 않았다.

그럼에도 온몸의 힘은 풀리고 말았다.

❀

공유된 타인의 삶 속에 있다가 정신을 차리기까지는 한 시간도 채 걸리지 않았다.

"이제 좀 감이 오세요?"

여자의 손을 서둘러 뿌리치고는, 눈앞의 여자를 한참 살폈다. 아무리 봐도 멀쩡한 사람인데……. 마법처럼 내 의식에 흘러들었던 삶은 무엇일까. 환상? 아니면 내가 피곤해서 잠깐 뭐에 홀리기라도 한 걸까?

아니다. 망상이라기엔 모든 순간이 생생했다. 정확한 언어로 설명할 수 없어도 마음을 꾹 짓누르는 듯 아프고 서글픈 감정이 온몸 곳곳에 스며 있었다. 여자가 나를 위해 설명을 덧붙였다.

"여기서 대접을 받으면 바라던 존재로 환생할 수 있대요. 오늘이 내가 환생할 수 있는 마지막 날이니 화과자를 자정 전까지 먹어야 해요."

"환생이요?"

"네. 화월당은 망자들을 마지막으로 위로하는 곳이거든요. 왜인지는 모르겠지만 누군가가 저에게 이곳으로 가라고 알려주더군요."

평범한 사람이 내게 이런 말을 했다면 미친 소리라 간주했을 것이다. 하지만 이번은 달랐다. 그녀의 발끝을 살펴보니 그림자가 없었다. 진실로 망자라는 증명이었고, 그렇다면 그녀의 말을 믿어 마땅했다. 그 모든 생의 이야기를 전달받고도 의심하는 건 죽은 자를 모독하는 일밖에 되지 않았다.

시계를 보니, 남은 시간이 많지 않았다.

"일단 초콜릿 전병을 바로 준비할게요."

"고마워요. 시간이 얼마 없으니 최대한 빨리 부탁해요."

서둘러 제과실로 들어가 반죽부터 만들었다. 녹인 버터와 박력분, 고운 아몬드 가루를 섞었다. 다음으로 계란 흰자와 슈거파우더를 거품 없이 섞었다. 그 두 가지를 합해서 반죽 덩어리를 둥근 형태로 빚었다. 콰삭 씹히는 식감이 전병의 포인트이기에 최대한 얇게 펴낸 다음, 예열한 오븐에 넣고 10분간 구웠다.

"냄새가 왜 이래요?"

"엇! 탔네!"

아뿔싸. 두께가 너무 얇아 전병은 10분의 가열을 버티지 못하고 타버렸다. 심지어 익으면서 생긴 균열 때문에 조각조각

부서지기까지 했다. 오븐에 직접 들어갔다 나온 듯이 내 머리에서 식은땀이 삐질삐질 흘렀다. 시계를 보니 벌써 오후 11시 30분이었다.

"걱정 마세요. 맛있게 잘되고 있답니다, 하하하!"

사회생활을 잘하려면 뻔뻔해져야 한다던가. 아무렇지 않은 척 떨리는 목소리를 최대한 감추고 새로 반죽을 밀었다. 처음에는 감자칩처럼 마냥 얇게 했다면, 이번에는 적당히 두께감을 더했다. 오븐 가열 시간도 8분으로 줄였다.

다행히 두 번째 도전은 성공적이었다. 다음은 초콜릿 코팅인데, 망자가 딸에게 전하지 못했던 진심이자, 딸이 망자를 위해 한평생 감추고 살았을 단맛을 어찌 감히 흉내낼 수 있겠느냐마는 이 순간만큼은 정성을 다해보자 싶었다. 으깬 초콜릿 조각들을 중탕하여 덩어리 없이 부드럽게 녹인 다음, 제과용 브러시로 전병 위에 얇게 펴 발랐다. 어느 부분을 먹어도 달콤하도록. 어디를, 어떻게 잡아도 그들의 전하지 못한 사랑이 모두 교차하게끔.

그러나 전병은 한 번 더 부서졌다.

"아직 멀었나요? 벌써 11시 45분이에요."

"하하하하. 원래 디저트는 애가 탈수록 맛있어진답니다."

"그런 말은 처음 듣는데요."

"업계 비밀이거든요. 아하하."

식은땀이 폭포처럼 쏟아졌다. 다시 전병 반죽을 얇게 밀어 오븐에 굽고, 초코 코팅 작업을 진행했다. 이번에는 초콜릿을 겉면에 펴 바르지 않고 녹은 초콜릿에 전병을 직접 담갔다 빼는 방식을 선택했다. 이렇게 하니 브러시의 압력이 가해지지 않아 전병이 부스러지지 않았다.

이래서 시행착오가 필요한 거구나. 서둘러 전자시계를 확인하니 무려 11시 58분 30초였다. 안 돼! 손님은 자정 전에 전병을 먹어야 했다. 나는 전병 하나를 들고 허겁지겁 뛰어나왔다. 그 와중에 앞치마 끈이 문틈에 걸려 몸을 퍼덕거리느라 또 아까운 시간을 허비했다.

"다 됐어요! 빨리 드셔보세요."

"얼른 내 입에다가……."

"여기요!"

11시 59분 57초! 여자가 초콜릿 전병을 한 입 베어 무니, 콰삭 하는 소리와 함께 얇은 전병이 깔끔하게 조각났다. 그제야 온몸에서 긴장이 빠져나갔다.

"휴. 시간은 겨우 지켰네요."

"맛은 어때요? 입맛에 맞아요?"

"정말로 다네요. 우리 딸이 참 좋아할 것 같아요."

여자가 기쁘게 웃었다. 나는 한시름 놓은 뒤 남은 전병을 깔끔한 원형 비닐봉지에 담아 건넸다. 그런데 그녀는 받지 않고 나를 쳐다보기만 했다.

"무슨 문제가 있으신가요?"

"한 입 먹었으니 나는 목적을 이뤘어요. 남은 건 우리 딸에게 전해주고 싶어서요. 검지에 붉은 점이 있는 여자아이예요."

나는 여자의 딸이 어디에서 어떤 모습으로 살고 있는지 알지 못했다. 다짜고짜 찾아가는 일도 상식적으로 불가능했다. 여자는 딸에게 전달해달라는 부탁을 하려는 눈치였지만 나는 거절하려 했다.

그때였다.

"야옹."

가게를 열 때 보았던 검은 고양이가 문 앞에 다시 나타났다. 여자가 문을 열어주자, 고양이가 잽싸게 들어와 순식간에 전병 봉지를 입에 물었다.

"엇, 동물은 먹으면 안 돼!"

그러나 고양이는 전병을 먹으려는 것이 아니었다. 그저 전병 봉지를 입에 문 채로 여자에게 다가갔다. 여자도 동물을 아끼는지 거부하지 않고 두 팔 벌려 고양이를 환영했다. 고양이는 곧바로 자신의 머리를 여자의 배에 콕 박았다.

그 순간 여자의 표정이 환하게 밝아졌다.

"이 고양이가 전달해주겠다네요."

"고양이가요?"

"네. 이 고양이가 닿는 순간에 딸애가 꿀 꿈이 보였어요. 저와 전병을 나눠 먹는 꿈이에요."

여자가 고양이의 자그마한 머리를 쓰다듬었다.

"내가 진심으로 사랑했다고 전해주렴. 아주 많이 사랑하고, 미안했다고."

고양이가 황금색 눈을 반짝이더니 그대로 과자를 물고 가게 밖으로 달려갔다. 잠깐 머물렀다 사라지는 잔광처럼 흔적도 남기지 않았다. 목에 매단 방울 안에 영력이 깃들어 있는지 보통의 동물이 구사하는 속도가 아니었다. 정말로 딸의 꿈속으로 달려간 걸까.

"전병이 참 달아서, 그동안 내가 걸어왔던 삶도 전부 달게 느껴져요."

"다행이에요."

"그런데 죄송한 게 하나 있어요."

"뭔데요?"

"저는 망자라 돈을 드릴 수가 없어요. 그 대신에 제게 소중한 것으로 값을 치를게요."

돈을 줄 수 없다니? 그럼 무전취식이잖아! 하지만 망자에게 세속적인 요구를 할 수는 없었다. 황당하고 뻔뻔한 손님이었으나 마지막을 달래주는 셈 쳐야 했다. 여자는 내 마음을 엿보았는지 안도했다. 한때는 누군가의 엄마이자, 마트의 직원이자, 사랑을 품었던 여자의 얼굴은 창백하기만 했다. 산 사람에게는 존재하지 않는 안색이었다.

어느덧 자정을 넘었다. 나는 산 자로서 망자에게 조금 더 이승의 시간을 주고 싶었지만, 여자는 미련 없이 홀가분한 얼굴로 유리문 앞에 섰다.

"벌써 가시는 건가요?"

"네. 볼일이 끝났으니까요."

"아쉽지 않으신지요?"

"아쉽지 않은 삶이었어요. 나는 만족해요. 다시 태어나면 무엇이든 좋으니 노래를 부르는 존재가 되었으면 해요."

"의외네요. 보통은 죽음을 받아들이기가 어려울 것 같은데."

"아무래도 그렇죠. 하지만 저는 제가 죽음을 받아들이는 이유를 알고 있어요."

"이유가 무엇이죠?"

"그건 망자만의 비밀이랍니다."

작은 종소리가 울려 퍼지며 문이 완전히 젖혀졌다. 일순간에 여자는 바람이 되어 사라졌다. 대기에 빛으로 만든 스프링클이 뿌려진 듯 반짝임이 일렁거렸다. 심야의 청풍을 따라 수국의 옅은 향이 나부꼈다. 한밤중에 꽃이 만발한 정원을 거니는 듯했다.

그녀의 입안을 마지막으로 위로했을 달콤한 초콜릿 전병 맛을 나 역시 되새김질하며 손을 흔들었다.

다시 가게로 돌아가니, 계산대 위에 잘 접힌 옷 한 벌이 놓여 있었다. 여자가 입고 있던 수국 원피스였다.

3장

두 번째 손님 이야기

매화꽃 화과자

이튿날, 영업 시간보다 조금 이른 저녁에 가게를 찾았다.

첫 번째 손님의 설명에 의하면, 화월당의 정문은 삶과 죽음의 경계 역할을 한다. 할머니는 여기서 밤마다 수많은 망자를 배웅하며 지내오셨구나. 앞으로 내가 겪을 일들이 감히 상상되지 않아 가슴이 뛰었다. 죽은 자에게 끝인사를 전하는 일이라니, 과연 잘해낼 수 있을까. 화과자를 만드는 일만 해도 나는 한참 부족할 텐데…….

첫 번째 손님을 경험한 후로 사후 세계와 현생의 경계에서 장사를 한다는 사실에 긴장이 되었다. 커피를 연달아 세 잔은 마신 듯 잠이 오질 않아 뜬눈으로 밤을 지새웠다.

망자가 무엇으로 다시 태어날지, 검은 고양이가 진실로 딸의 꿈속으로 가서 전병을 전해줬을지 무엇도 명쾌히 알 수는 없었다. 허나 내심 바랐다. 그 두 가지가 모두 사실이면 좋겠다고. 설레임 반, 두려움 반으로 할머니가 남기신 화월당의 레시피들을 하나씩 익혀가기로 했다.

"안녕하세요. 붉은 밤 양갱도 파나요?"

레시피대로 계량을 하던 중에 손님이 등장했다. 깔끔하게 정장을 차려입은 직장인이었다. 이 사람은 회사에서 죽은 망자일까? 살아 있는 사람과 다를 바 없이 반질반질하게 빛나는 그의 얼굴이 안쓰러웠다. 나는 그를 향해 눈썹을 팔자로 휘며 다가갔다.

"아이구, 어서오세요. 힘드셨죠?"

"네?"

"괜찮습니다. 저는 다 알거든요. 그래도 산 사람처럼 건강해 보이세요."

"저 위염 있는데요?"

측은함을 한껏 담아 그의 손을 잡아주었다. 영혼으로 둥둥 떠다니는 망자의 손인데도 제법 따끈했다.

"손은 왜 잡는 건가요?"

남자가 불쾌함과 당혹감이 섞인 눈으로 나를 내려다보았다. 뭔가 이상하여 손을 놓고 한 걸음 물러났다.

"사람인가요?"

"당연히 사람이죠."

"망자…… 아니에요?"

"무슨 소리세요!"

남자가 몹시 불쾌해하며 인상을 찌푸렸다.

"뭐야, 붉은 밤 양갱이 유명하대서 왔더니만 이상한 곳이네!"

그는 즉시 유리문을 열고 나가버렸다. 나는 당황하여 그대로 굳었다. 산 사람도 오기는 오는구나……. 무안해져 괜히 레시피 책자에 고개를 처박고는 계량 연습을 이어갔다. 다음 방문객은 두어 시간이 지나서야 등장했다.

"의욕이 좀 생겼나요?"

사월이었다. 장발 머리를 한 갈래로 단정하게 묶은 그는 현대식으로 리폼한, 고려청자 빛깔과 닮은 옥색 개량한복을 입고 있었다. 다른 사람이 입었으면 확실히 촌스러울 텐데, 다리와 목이 긴 사람이 입으니 도자기 같은 훌륭한 태가 났다.

"오늘도 재료를 납품하러 오신 건가요?"

"아뇨. 재료는 어제 드렸던 걸로 당분간 충분할 거예요."

사월이 건들거리는 움직임으로 가게의 좌우 벽을 훑었다. 손가락을 갖다 대 먼지가 쌓인 곳을 후후 불거나 비뚤어진 장식품의 각도를 정렬하기도 했다.

그러고 보니 나는 아직 그의 정체를 제대로 파악하지 못했다. 도매업자라고 했지만, 동시에 무당이라고도 했지. 화월당과 할머니에 관한 비밀을 알고 있는 남자였다.

"그쪽은 산 사람이 맞나요?"

"난 무당이죠. 젊고 훤칠한."

"아니 무당도 산 무당이 있고 죽은 무당이 있을 거 아니에요. 그쪽은 확실히 산 사람이 맞냐고요."

"갑자기 무슨 소리실까."

그가 빙긋거리며 말꼬리를 노랫말처럼 늘어뜨렸다. 정답을 알고 있으면서 가르쳐줄지 말지를 고민하는 선생님 놀음이라면 사양이었다.

한 걸음 다가가 그의 뺨 위에 손을 올렸다. 사월이 당황한 표정으로 나를 내려다보았다.

"뭐 하시는?"

죽은 사람인지 산 사람인지 알아보는 가장 간단한 방법이 있다.

"연화 씨, 손을 왜……."

짝. 청명하고 시원한 소리가 났다. 내가 그의 뺨을 내리친 탓이었다. 경쾌한 마찰음이 끝난 후 우리 사이엔 무거운 적막만 채워졌다. 사월이 미간을 팍 구기고는 내 손목을 낚아챘다.

"지금 나 때린 거예요?"

그의 뺨이 울긋불긋하게 달아오르는 것이 보였다. 산 사람이 확실했다. 화월당은 망자를 배웅하는 곳이라고 했던 첫 번째 손님의 설명을 곧이곧대로 믿는 바람에 오늘만 해도 두 명을 죽은 사람 취급했다. 나는 그제야 허리를 꾸벅이며 사과

했다.

"죄송해요. 죽은 사람이랑 산 사람이 구분이 안 돼서요."

사월이 뺨을 손으로 감싸며 내 쪽으로 얼굴을 휙 들이밀었다. 서로의 코끝이 닿을 것만 같았다. 내가 백번 잘못했으니 화를 낸다 해도 할 말이 없는 상황이었으나 그는 돌연 태도를 바꾸어 재미있다는 듯 히죽였다. 때린 쪽보다 맞은 쪽이 더 음흉해 보이는 이상한 상황. 가까이 다가온 그에게서 뒷걸음질 치려 했으나 공간이 부족했다. 그의 속눈썹이 제법 길다는 사실을 알아차린 후 내 뺨도 그의 뺨처럼 붉어졌다.

"저는 받은 만큼 꼭 갚아야 하는 사람이에요. 할머님이랑 약속만 하지 않았더라면 연화 씨 뺨도 무사하지 못했을 거예요."

"약속이요?"

"네. 도와주라고 하셨거든요."

사월이 표정을 풀며 뒤로 물러났다. 궁시렁거리며 얼굴을 매만지는 그를 보고 있으니, 얇은 손목에 둘러진 염주 팔찌가 눈에 띄었다.

"무슨 약속을 하셨는데요?"

"외국으로 유학 간 형과 저, 그리고 그쪽 할머님만 공유하는 비밀이에요."

할머니와 무슨 약속을 했는지 알려주지 않겠다는 의미였다. 나는 검지로 아랫입술을 만지작거리며 물어야 하는 것들을 추려보았다.

"혹시 여기요, 저주받은 가게인가요? 부동산에서도 기피하던데……."

"오히려 반대네요. 할머님께서 신력이 있으셔서 그 기운이 가게에까지 전이된 거예요."

"신력이라니요. 할머니는 평범한 분이셨어요."

"아뇨. 연화 씨 할머니, 젊으셨을 적에 신내림을 받으셨거나 조상 대대로 기운이 남다를 거예요. 무당의 길을 선택하지 않은 대신에 이런 가게를 꾸리며 사셨겠죠. 덕분에 저도 그 신력을 나눠 받았고요."

소름이 돋았다. 할머니가 무당의 팔자를 타고난 사람이었다니. 하지만 내게 그런 말을 한 적은 없었다. 수상쩍은 행동을 보인 적도 없고, 집에 부적을 덕지덕지 붙이지도 않았다. 내가 기억하는 할머니는 오히려 너무나 평범해서, 길거리에 세워두면 금방 다른 사람들과 섞여 구분이 되지 않는 존재였다.

"걱정 마요. 연화 씨에게선 신력이 느껴지지 않으니까요."

"근데 할머니가 숨긴 건 어디에 있어요? 유서에 빚을 갚을 수 있다고 적혀진 거요. 그냥 지금 말해주시면 안 되나요? 전 기다리는 거 잘 못해요. 빚도 무이자가 아니라고요. 이러는 사이에 계속 불어난단 말이에요."

"안 돼요. 순서를 어기지 말라고 하셨고, 저는 할머님 부탁을 꼭 따르고 싶어요."

"대체 무슨 관계였길래요?"

사월이 손으로 염주를 쓰다듬었다. 그의 손길이 닿자 투박한 구슬이 호박 보석처럼 반짝였다. 사월의 얼굴에 뜻 모를 그리움이 피어났다.

"생명의 은인이에요. 그리고 연화 씨도요."

"예?"

"시간이 지나면 알아질 일들에 조바심 낼 필요 없어요."

사월은 나의 다급한 채근을 듣고서도 미소만 지을 뿐이었다. 마치 내 마음을 다 안다는 듯이. 나는 지나치게 사적인 이야기를 캐내는 건가 싶어, 결국 말을 마무리하지 못하고 말았다.

내가 누군가에게 생명의 은인 소리를 들을 만한 일을 한 적이 있던가? 대학생 때 받은 장학금으로 유니세프 후원을 한 게 일생일대의 선행이었다. 하지만 고작 10만 원이었는데……. 역시 이건 아닐 테지.

확실한 사실 하나. 일단 우리는 초면이었다. 아무리 봐도 그랬다. 도매상으로 여러 가게를 돌다 보니 무슨 착각을 한 것은 아닐까.

사월은 계산대 맞은편 간이 의자에 앉아 다리를 꼬았다. 염주를 찬 손으로 턱을 괴고는 팔꿈치를 무릎에 올렸다. 자연적으로 등이 앞으로 굽어 내 쪽으로 몸이 기울어졌다. 그의 매끄러운 피부를 따라 미끄러져 흘러내리는 개량한복의 옷깃 사이로 붉은 흉터가 보였다. 아주 오래전에 생긴 찰과상의 흉터 같았다. 내 시선을 느꼈는지 그가 서둘러 옷깃을 여몄다.

"어제 손님은 무엇을 주문하던가요?"

사월이 의도적으로 대화 주제를 바꾸었다.

"초콜릿 전병을 주문했어요."

"마지막 표정은 어땠나요?"

"웃고 있었어요. 홀가분해 보였고요."

"그럼 됐어요. 당신이 그 사람의 성불을 도운 거예요."

"나는 초콜릿 전병을 만든 것밖에 한 일이 없어요. 슬프게 딸과 작별한 손님이었는데……."

"이 세상에 사연 없는 사람은 없지요. 하지만 그런 사연을 갖고도 마지막에 웃을 수 있는 사람은 적어요. 당신이 그 웃음을 만든 거예요."

장난기 어린 사월의 목소리가 데운 코코아처럼 달고 부드럽게 귓가에 닿았다. 속이 빈 말이 아니었다. 보이지 않는 진심의 손이 내 등을 사려 깊게 두드렸고, 한 것 없이 위로를 받아 버렸다.

사월이 작은 기합 소리와 함께 의자에서 일어났다. 또 죽은 사람을 마주해야 한다는 생각에 걱정이 되어 그를 불러 세웠다.

"사월 씨! 저 혼자 있기는 무서운데!"

"아이고, 생각보다 빨리 왔네요."

사월이 눈썹을 찡그리며 손끝으로 정문을 가리켰다. 또다시 쇠종이 울리며, 양반은 못 되는 망자가 등장했다.

❀

두 번째 손님은 사월의 또래로 보이는 남자였다. 키는 사월보다 훨씬 더 컸고, 사월의 비교적 하얀 피부와 달리 전체적으로 건강히 그을린 피부였으며 머리칼은 짙은 갈색의 직모였다. 눈동자는 머리색과 유사한 고동색, 눈썹은 손가락 두께만큼 두껍고 짙었다. 전체적으로 맛있게 구워진, 다부지고 옹골찬 밤 같은 남자였다.

"여기가 화월당…… 맞죠?"

남자는 화과자점과는 살아생전 인연이 없었던 티를 냈다. 괜히 뒷목을 손으로 쓱 훑으며 가게의 전경을 살폈다.

사월이 남자에게 집중하는 나를 보더니 내 어깨 위에 살포시 손을 올렸다.

"사장님, 너무 저분 얼굴만 쳐다보는 거 아니에요?"

"그야 손님이시니까……."

"눈빛이 다르다고요."

푼수떼기처럼 보이고 싶지는 않았지만 건강한 외형에 눈길이 가는 걸 어떡하나. 궁색한 변명을 하게끔 괜히 핀잔을 주는 사월이 얄미웠다. 자기도 눈앞에 용모가 훤칠한 사람이 나타나면 한 번쯤은 넋 놓고 보지 않겠어? 물론 여기 오는 사람들 대부분이 망자겠지만…….

망자. 이 단어를 곱씹으니 정신이 번쩍 들었다. 마른 손으로 양볼을 가볍게 때리며, 아무리 내가 혈기왕성한 청춘이라 해도 죽은 사람을 보며 미남 타령 하지는 말자고 다짐했다.

"네! 여기가 화월당 맞아요."

"그…… 저는…… 죽은 사람…… 인데……."

"알고 있습니다."

"그래요? 다행이다. 놀라서 구역질이라도 하시면 어쩌나 걱정했어요."

풍기는 분위기와는 달리 남자는 긴장을 많이 했는지 목소리가 떨렸다. 어색하게 웃는 얼굴이 밉지 않았다.

솔직히 말하자면, 아직 적응은커녕 남자가 말한 대로 놀람과 당혹의 연속이었으나 그를 안심시키기 위해 아무렇지 않은 척을 했다. 혼자가 아니라 무당인 사월이 곁에 있어 태연한 연기가 가능했다. 귀신과 단둘이 있었다면, 구역질을 하기도 전에 뒤로 나자빠졌을지 모른다.

"형도 저처럼 망자인가 봐요?"

남자는 사월이 허리끈에 매달고 있는 작은 금방울을 건드렸다. 짤랑거리는 소리가 나자 사월이 팔짱을 끼고는 못마땅한 얼굴로 노려보았다.

"저는 망자가 아니라 무당인데요? 그리고 제가 왜 형이죠? 딱 봐도 내가 더 어려 보이는구만."

"앗! 스물아홉 정도 되시는 줄 알았어요. 미안해요, 형."

"뭐요? 죽은 사람이 산 사람을 잡네?"

남자는 악의 없이 보이는 대로 말했을 뿐인데, 사월의 표정이 익살스럽게 구겨졌다.

"그쪽 몇 살인데요?"

"스물여섯이요."

"젠장. 내가 형 맞군. 하지만 외모는 그쪽이 형처럼 보인다고요. 안 그래요, 사장님?"

사월이 유치한 오기를 부리며 나를 향해 고개를 돌렸다. 검지로 자신과 남자의 얼굴을 번갈아 가리켰는데 남자는 누가 봐도 스물여섯으로 보였고, 사월은 형처럼 보였다. 남자는 그런 사월의 행동이 우습다는 듯 곁에서 작게 키득거렸다.

"저는 성숙해 보이는 거 나쁘지 않아요."

손님이 긍정적으로 응수하자 할 말이 없어진 사월은 팔짱을 끼고 괜히 콧김만 뿜었다.

스물여섯. 망자가 되기엔 어린 나이였다. 성숙해 보인다는 말을 들어도 딱히 불쾌해하지 않을, 오히려 가끔은 성숙해 보이고 싶을 나이. 나와 별반 차이가 없는 망자의 젊음이 안타까웠다.

사월도 남자의 나이를 듣고 나와 비슷한 생각을 하는지 더는 짓궂은 말을 하지 않았다.

"선물용 디저트를 주문하고 싶어서 왔어요."

"어떤 걸로 드릴까요?"

"제가 잘 모르는데 일단은 달고……."

"달고?"

"예쁘게 생긴…… 뭐 그런……."

"달고 예쁜 거요? 연인에게 줄 선물을 사시는군요."

"아, 아니에요."

남자가 두 손을 활짝 펼쳐 손사래를 쳤지만, 부끄러워하는 얼굴을 우리에게 들키고 말았다. 아닌 척해도 박자가 맞지 않는 입과 손이 그 증거였다.

"애인은 아니었고요……."

사월이 그런 남자의 등을 호쾌하게 짝 내리쳤다.

"고백을 못 했구나!"

"하긴 한 것 같은데……."

"뭐예요? 그럼 사귄 거 아니에요?"

"그런 건 또 아니고······."

"속 시원하게 말해봐요."

"그게······."

남자는 자기 입으로 지난 일을 말하는 게 몹시 쑥스러운지 한참을 우물쭈물했다. 입이 열릴 것 같다가 금방 닫히고, 또 열리다 닫히길 반복했다. 답답해진 사월이 허리께에 매달려 있는 방울을 떼 계산대 위에 올렸다.

"말 못 하겠으면 우리가 그쪽 사연을 훔쳐볼 수밖에 없죠."

"이 방울로요?"

"손가락을 갖다 대봐요. 연화 씨도요."

사월이 나와 남자에게 손짓했다. 동그란 방울 위에 두 남자의 손가락이 닿았다.

그러고 보니 첫 번째 손님의 삶을 엿봤을 때도 그 손님과 손을 잡고 있었다. 아무래도 망자의 삶을 읽으려면 접촉이 필요한 듯싶었다. 직접 닿지 않더라도, 방울이든 무엇이든 특정한 물건을 매개체 삼아서.

나는 망설임 없이 검지를 방울에다 찰싹 붙였다.

"좋아요. 그럼 어떤 화과자를 만들지는, 사연을 보고 정해볼 게요."

고개를 끄덕인 남자가 자신의 이름을 말해주었다. 그 이름이 내 귓가에 닿는 순간, 어디선가 달콤한 꽃향기가 나더니 의식은 먼 과거로 유영했다.

❀

매현은 자신의 이름이 영 마음에 들지 않았다.

장 씨 성에 매실나무 매(梅), 밝을 현(炫). 그가 태어났던 이른 봄날, 마당에 피어난 하얀 매화꽃이 어둠을 밝힐 정도로 아름다웠다 하여 외할머니가 지어준 이름이었다. 매현은 그래서 싫었다. 대현이면 대현이고, 명현이면 명현이다. 하다못해 태현, 우현도 있다. 왜 하필 매화꽃이 예뻐 매현인가. 정작 자신은 매화꽃처럼 하얗기는커녕 온몸이 갈색인데. 어린 시절부터 해만 떴다 하면 친구들과 농구 골대 앞에 매미처럼 붙어 살았다.

매현은 늘 생각했다. 이름 때문에 농구 선수가 되지 못했다고.

어릴 때부터 또래에 비해 키가 컸던 매현은 주변의 권유에 따라 농구공과 친해졌다. 고교 시절까지만 해도 농구부의 촉망받는 인재였다. 고교 대항전이 열리면, 매번은 아니었지만 종종 MVP로 거론되었다. 키가 189센티미터인 그의 포지션은 포워드. 공격적으로 플레이를 이끌어 득점을 얻어낼 필요가 있는 중역이었다. 하지만 매현은 성장할수록 자신의 성향이 공격수와 어울리지 않는 것 같았다.

'움직일 때마다 사람들이 날 보고 있다는 걸 의식하면……
몸이 굳어.'

매현은 내성적이었다. 그것이 문제였다.

사춘기 전까지만 해도 어디에나 있는 목소리 큰 남자아이였다. 하지만 나이를 한 살씩 더 먹어갈수록 타인의 시선에 대한 공포심이 커졌다. 골든 리트리버인 줄 알았던 자신이 치즈 고양이였음을 뒤늦게 알아차렸다고나 할까. 관중 앞에서 경기를 뛰는 일이 부담스러웠다. 특히나 슈팅 직전에 시선이 의식돼 멈칫거릴 정도였다.

'이딴 쓰레기 같은 고민을 하는 선수는 아무도 없겠지? 쪽팔린다……'

관중 앞에서 경기를 뛰는 선수가 시선이 부담스럽다? 하찮은 고민이었다. 매현은 이런 고민 자체가 수치스러워 교내 위클래스 상담 선생님에게 한 번을 털어놓지 못했다. 시간이 지나면 어련히 좋아지리라 믿었다. 그러나 별거 아니라고 여기던 고민은 시간이 지나도 해결되질 않았고, 농구부 친구들은 그런 매현을 더 압박했다.

"연습 때는 잘하는데 왜 실전에서 자꾸만 말아먹냐?"

"장매현. 아까 그 거리에서 던졌으면 3점이었어. 몰라?"

"포워드 싫어서 센터로 갈 거라면 수비라도 확실히 해."

객관적으로 농구에 소질이 없는 건 아니었다. 매현은 팔도 또래보다 길었고, 점프 비거리도 우수했다. 좋은 신체 조건을 갖고 있다는 건 본인은 물론, 농구부 친구들과 코치 또한 알았다. 그렇기에 더더욱 압박을 받았다. 어차피 못할 놈이라 못하는 건 용서해도, 잘할 놈이 못하는 건 죄였으니까.

그래도 고등학생 때는 익숙한 친구들과 팀이었기에 이를 악물고 어떻게든 해냈다. 성적도 나쁘지 않았다. 매현은 예체능 전형으로 대학에 입학해, 전국에서 제법 괜찮다는 농구부에 소속될 수 있었다. 농구는 여전히 재미있었다. 매현이 제일 좋아하고, 가장 잘하는 것도 맞았다.

하지만 고질적인 시선 공포가 심해지는 것이 문제였다. 이제는 관중뿐 아니라, 같은 팀 선수들의 시선까지 의식되었다. 대학에서 새로 만난 선수들과 잘 어울리지 못했다. 친해지는 속도가 느렸고, 합을 맞춰가는 속도 또한 더뎠다. 그러니 시합에서 자꾸 실수를 하는 건 당연했다. 유효 슈팅은 고사하고 중요한 패스에서 실책을 했으며, 수비에서도 밀렸다. 상대가 아주 유능해서가 아니었다. 시간이 흐를수록 덩치 크고 목소리도 큰 낯선 사내들과 몸을 부딪치며 경쟁을 한다는 것 자체가 불편하게 여겨졌다.

그런 사람들이 있다. 노래를 좋아하지만 낯선 이들 앞에 서면 한 소절도 부르지 못하는 사람. 아이돌 춤을 좋아하지만 샤

위 부스가 아니면 춤을 추지 못하는 사람. 글쓰기를 좋아하지만 백일장에만 나가면 머리가 하얘지는 사람. 그것은 잘못이아니었다. 타고나기를 원치 않은 두려움을 잔뜩 갖고 태어난사람들은 어디에나 존재했다. 잘하는데도 자신 있게 보여주길어려워하고, 타인을 의식하면 주눅이 드는 남자. 매현이 하필이면 그런 사람이었다.

"너 농구 관둬라."

"코치님 죄송해요. 제가 좀 더 연습을 할게요."

"연습이 문제가 아니야. 스포츠를 할 그릇이 아니다."

"전 농구 말고는 아무것도 배운 게 없는걸요……."

"매현아, 네가 코트 위에서 어떻게 보이는지 알아? 뻣뻣한꽃나무가 움직이는 것 같아. 그냥 가만히 서서 손만 살랑살랑흔드는 게 제일 보기 좋은 꽃나무."

매현은 결국 꿈을 접었다. 그리고 거듭 생각했다. 역시 이름때문이라고. 대현이나, 태현이나, 하다못해 우현으로 살았다면그런 말은 듣지 않았을 거라고.

20대 중반의 매현은 과거를 돌아보는 일조차 싫어했다. 얌전하게 공부나 했으면 좋았을걸. 농구 같은 건 취미로 할걸.팔자에도 없는 운동을 진로로 선택한 탓에 무엇도 이루지 못한 채 20대는 절반만 남아 있었다. 자격증, 어학 성적, 대외 활동, 아무것도 없었다. 취업 시장에서 실패한 체육 전공자가 조우하는 현실은 냉혹했다.

"농구 아니더라도 세상에 할 일은 많아. 난 네가 바깥 활동 좀 했으면 좋겠어. 심지어 너 모솔이잖아."

"중2 때 사귀어봤거든?"

"언제적 일을 연애로 카운트하는 거냐?"

"그럼 그게 연애가 아니면 뭔데?"

"걔랑 키스는 했고?"

"열다섯 살이 무슨!"

"손은 잡았고?"

"아마도 아니……."

"소꿉놀이로 정정해라."

"이 자식이."

오랜 세월 농구장과 집만 왕복했던 매현에게는 이렇다 할 추억이 없었다. 연애도 마찬가지였다. 첫사랑은 담임 선생님이었던 것 같은데 몇 학년 때 담임인지 기억나지 않았다. 짝사랑은 농구공이었던 것 같고, 첫눈에 반한 상대는 신상 농구 유니폼이었다고나 할까.

빡빡 밀었던 머리가 귀를 덮을 정도로 시간이 지나서야 농구가 뺏어 간 청춘을 되찾고 싶어졌다. 뒤늦게 뭐라도 해야겠다는 생각이 들었다. 취업, 낭만, 사랑, 우정, 뭐든지 말이다. 매현은 자기소개서를 썼다. 토익 공부를 했고, 컴활 자격증을 취득했다. 코트 위에서 땀을 흘리던 시간에 샤워를 하고 향수를 뿌렸다. 취업 준비로 바빴지만 친구들이 소개팅을 잡아주면 마다하지 않고 나갔다. 마주 앉은 상대는 대부분 마음에 들었다.

매현은 상상했다. 깔끔한 정장 차림으로 번듯한 직장에 다니며, 좋아하는 사람의 손도 잡아보는 미래를. 하지만 매현은 여전히 많은 게 쑥스러웠다.

수신 금번 채용에서 귀하를 모시지 못해 죄송합니다.
수신 선배. 저는 적극적인 사람을 만나보고 싶어요.
미안해요.

누구에게나 그렇듯 현재는 소망을 배신하는 일을 좋아했다. 매현은 많이 낙방했고, 많이 거절당했으며, 많이 좌절했다.
"네가 쑥맥이라서 그래. 좀 당당해져봐, 인마."
"어떡하면 당당해지는 건데?"
"계속 부딪히고 깨지다 보면 당당해지지."
"그런가······."
"어깨 좀 펴고! 어깨도 겁나게 넓은 놈이."
친구들은 적응만 하면 모든 게 괜찮아질 거라고 위로했다. 운동선수 출신이 왜 그렇게 쑥스러움을 많이 타느냐면서. 매현도 그 말에 동의했다. 거울을 보면 태산 같은, 이제는 소년도 아닌 청년이 서 있는데 대체 무엇이 그리 망설여진단 말인가. 시간이 지나도 매현은 두려움이라는 감정을 해소하지 못했다. 낯선 사람 앞에서 말을 하는 게 공포스럽고, 자신을 쳐다보면 땀이 삐질삐질 났다. 참 이상했다. 잘해보고 싶다는 의욕이 충만하고, 많은 경험을 누려보고 싶다는 마음가짐도 가득한데 몸이 따라주질 않았다. 이성적인 사람이 감성적인 사람을 흉내 내려 하면 잘되지 않듯이, 외향적인 사람이 내향적인 척을 해도 다 들켜버리듯이. 잘못 장착한 게임 아이템처럼 잘못 타고난 매현의 성격은 변할 줄을 몰랐다.

그렇게 용기를 내고, 또 마음을 먹고, 다시 용기를 내기도 수십 번.

수신 *죄송합니다.*
수신 *미안해요.*

세상 밖으로 나갈 기회가 고갈됐다.

자포자기였다. 농구 선수라는 꿈은 가슴 안에 묻은 지 오래였고, 취업 준비는 하는 시늉만 했다. 카카오톡도 탈퇴하고, 연락처도 웬만하면 전부 지웠다. 침대 위에 만든 이불 동굴로 기어들어 겨울을 나는 곰처럼 누구의 눈에도 띄지 않고 살았다.

삶은 지루해졌다. 봄에는 따뜻하게 집에 있고, 여름에는 에어컨 켜고 집에 있고, 가을에는 선선하게 집에 있고, 겨울에는 난방 틀고 집에 있기. 1년이 무용하게 흘러갔다. 참다 못한 엄마까지 제발 나가서 용돈이라도 벌어 오라며 등짝을 내려쳤다.

스물여섯. 또 의미없는 봄이 시작되고 있었다.

"매현아, 부탁 하나만 들어주면 안 되냐?"

늘 매현에게 조언을 해주던 규태가 급히 연락했다. 동네 친구라 매현이 유일하게 연락하는 사람이었다.

"다음 주에 동아리 정모 참가하기로 했는데, 큰아버지가 아파서 가족들이랑 내려가봐야 하거든? 나 대신 정모 좀 가주라."

"그걸 굳이 대타까지 구해? 그냥 못 간다고 해."

"등산 동아리인데 단체 버스를 예약했대. 근데 당일 최소 탑승 인원을 못 채우면 출발이 취소된대. 나까지 가야만 최소 인원이 된대."

"알아서 해결해."

"5만 원 줄게. 맨날 엄마한테 등짝 맞는 장백수 씨."

그렇게 매현은 규태의 부탁으로 등산 동아리 정모에 대타로 참석하기로 했다. 출발 전날까지는 등산 한 번에 5만 원이라며 좋아했다가, 당일 아침이 되어서야 후회했다.

'아씨, 내가 왜 간다고 했지? 전부 모르는 사람들이고 끼리 끼리 친할 텐데……'

즉흥적이었던 결정을 뒤늦게 탓하며 약속을 취소하려 했으나 거실에서 백수 아들을 향해 잔소리 폭탄을 던질 엄마를 보니, 역시 5만 원이라도 벌어와야겠다는 생각이 들었다.

그날따라 날씨는 눈치 없이 좋았다. 온 세상이 파란색과 분홍색으로만 그려진 듯, 사방에 벚꽃이 만발하는 봄이었다.

그는 약속된 버스 주차 장소에 쭈뼛거리며 등장했다. 이미 웃고 떠드는 중인 열댓 명의 사람들이 보였다.

"저기……."

"누구?"

"김규태 친구……."

"성함이 김규태 씨인가요?"

"아뇨. 저는 장매현이고 김규태 친구인데……."

"장매현 씨 명단에 있네요! 처음이시죠? 환영합니다."

"네에……."

"우와. 키가 되게 크시다!"

밝은 갈색으로 염색한 단발머리 여자가 명단에 체크를 하고는 매현의 키를 재는 시늉을 했다. 매현이 당황하여 두 발짝 뒤로 물러나자 그녀는 미안해하며 손을 거두었다. 이윽고 한 무리의 사람들이 매현에게 스스럼없이 인사를 건네며 자신을 소개했다. 모두 날씨를 닮아 기분이 좋아 보였다.

"잘 왔어요. 우리 산잘타 동아리 규칙은 들어봤어요?"

또래로 보이는 남자가 힘차게 손을 내밀며 매현을 바라보았다. 동아리 사람들은 죄다 외향적인지 하나같이 목소리가 크고 쾌활했다. 매현과는 정반대였다. 그는 속으로 집에 가고 싶다는 생각만 반복했다.

"모르는데요……."

"길 잃음 방지를 위해 2인 1조로 다녀요. 매현 씨는 총무부 서희랑 한 조!"

회장이 가리킨 사람은 명단을 확인하던 여자였다. 서희는 스무 살로, 동아리에서 잡무를 담당했다. 매현은 방금 뒷걸음질을 쳤던 여자에게 뒤늦게 친한 척을 하는 일이 내키지 않았다. 보다 정확히 말하자면 머쓱했고, 부끄러웠다.

이윽고 동아리 사람들이 우르르 버스에 탑승했다. 서희가 매현을 보며 손가락으로 버스 입구를 가리켰다.

그녀는 물품 관리를 위해 맨 앞에 앉아야만 했고, 같은 조인 매현도 얼떨결에 맨 앞에 앉았다. 낯선 동아리. 낯선 사람들. 흥미 없는 등산. 무슨 산으로 가는지 이름도 모르는 상황. 5만 원에 하루를 팔아버린 사실이 뒤늦게 억울해져 버스 창문 밖으로 몸을 던져버리고 싶었다.

"어디에서 오셨어요?"

"저요? 집이요…….."

"집이 어디신데요?"

"신수동 쪽…….."

"저도 그 근처 살아요. 거기 갈비탕 되게 싼 집 있잖아요. 가
보셨어요?"

"광흥창 갈비탕인가."

"근데 저는 거기 가면 늘 설렁탕 먹어요. 국물이 되게 깊지
만 짜지는 않고…….."

서희는 말이 많았다. 멋대로 이것저것 물어보고, 묻지도 않
은 것을 이것저것 대답했다. 매현은 혼이 쏙 빠지는 것만 같
았다. 한편으로는 옆에서 태엽 인형처럼 재잘재잘 떠들어주니
다행이라는 생각도 들었다. 침묵 속에서 좌불안석하지 않아도
되었다.

"근데 아까 규태 이름 말해도 모르던데…….. 제 친구 모르시
나요?"

"그런 사람 저희 동아리에 없는데요?"

"네? 제가 규태 대신 버스 최소 인원 맞추려고 온 건데요?"

"최소 인원? 그런 게 어디 있어요. 돈 내고 예약한 버스인데
한 명이 타든 두 명이 타든 버스는 출발하죠. 신입 회원 신청
명단에 그쪽 이름 있던데요?"

서희가 아이처럼 천진하게 웃었다. 차창 너머로 비치는 해

를 머금은 그 웃음이 어찌나 말갛던지 매현은 바보가 된 기분이었다.

매현은 그제야 알아챘다. 바보가 된 게 맞음을. 이것은 매일 집에만 있는 매현을 위해 베스트 프렌드가 준비한 아주 발칙한 이벤트라는 사실을.

❀

회원들의 등산 속도는 제각기 달랐다. 자연히 비슷한 속도의 사람들끼리 그룹이 형성되었다. 온몸에 힘이 잔뜩 들어간 선두 그룹에선 날씨와 어울리는 노랫소리가 들려왔다. 그들은 허벅지를 움직이고 땀을 흘리는 일에 주저함이 없었다. 중반 그룹은 산을 오르는 와중에도 열심히 수다를 떨었다. 헉헉거리며 한 마디라도 더 대화하려 애쓰는 모습이 돈독한 관계를 증명했다.

서희와 매현은 꼴찌 그룹이었다.

'식은 죽 먹기인데……'

사실 매현은 전혀 힘들지 않았다. 훈련으로 잘 만들어놓은 근육이 당장에라도 산바람을 맞으며 질주해보라 요동쳤다. 그러나 이목을 끌고 싶지 않아 허리를 최대한 숙여 느릿하게 산을 탔다. 덩치는 커도 산 타는 건 못하는 척 입을 꾹 다물고 등산하니 아무도 그를 의심하지 않았다.

"죽겠네! 힘들어."

그러나 서희는 진심이었다. 그녀는 최선을 다했지만 속도가 나질 않았다. 중간중간 초콜릿을 먹기 위해 쉬고, 숨을 고르기 위해 쉬고, 허벅지를 두드리기 위해 쉬었다. 매현은 서희가 쉴 때마다 같은 조라 어쩔 수 없이 따라 쉬어야 했다.

"제 속도가 답답하시면 먼저 올라가셔도 돼요."

"아니에요……."

"안 기다려주셔도 괜찮아요. 사람들이랑 연락처 교환하고 싶지 않으세요?"

"별로요……."

매현은 서희를 기다리는 게 아니었다. 체력을 뽐내봤자 주목만 받게 될 테니 최대한 후열에서 없는 듯 가려는 속셈이었다.

'규태, 이 오지랖 넓은 새끼…….'

속으로는 일부러 자신을 이런 곳에 오게 만든 규태를 원망했다. 하지만 또 달리 생각해보면, 얼마나 본인이 한심하게 보였으면 친구가 이런 앙큼한 짓까지 저질렀을까 하는 생각이 들었다. 이미 왔으니 돌이킬 수 없었다. 하는 수 없이 계속 계속 산을 올라야만 했다.

"물 가져올걸."

"여기 물…….”

"오, 고마워요. 오빠 삼다수 드시는구나. 이게 또 가장 맛있는…….”

서희는 여전히 말이 많았다. 혼잣말도 많이 하고 대화도 많이 시도했다. 그리고 자꾸만 멈춰서 사진을 찍어달라고 부탁했다.

"꽃나무 밑에서 하나 찍어주세요.”

"예…….”

"예쁜가요?”

"뭐가요?”

"꽃나무요.”

"아, 예쁘네요…….”

바람이 선선히 불어왔고, 가지마다 매달린 꽃들이 사찰의 종처럼 흔들렸다. 풀끼리 몸을 스치는 소리가 음악이 되어 사방에 울려퍼졌다. 그동안에 동아리 사람들은 한참 앞까지 떠나고 없었다. 매현과 서희는 단둘이서 쉬다 오르다, 또 쉬다 오르다를 반복했다.

매현은 부끄러운 줄도 모르고 자꾸만 사진을 찍어달라는 여자가 신기했다. 카메라 렌즈를 갖다 대면 자동으로 온갖 포즈를 취하는 적극성도 놀라웠다. 분명 몸통, 다리, 머리로 이뤄진 같은 사람인데 왜 이 여자는 이렇게나 붙임성이 좋은 걸까?

하늘이 두 쪽 나도 이해하지 못할 타입의 사람이었다.

시계를 보니 오후 2시였다. 평상시였다면 침대에 누워 하염없이 TV 소리만 들을 시간이었다. 이윽고 3시가 되면 불안한 미래에 괴로워하고, 4시가 되면 비관적인 생각에 젖고, 5시에는 자학에 빠지는 나날들. 하지만 오늘만큼은 아니었다.

솔 냄새가 나는 바람이 불었다. 오랜만에 숨을 쉬는 느낌이었다.

"사진 꽤 잘 찍으시네요!"

"다행이네요……."

"되게 섬세한 사람이군요."

"제가요?"

서희는 매현이 찍어준 사진을 가리켰다. 서희를 정중앙에 위치시켰고, 꽃나무의 색감이 잘 나오게끔 밝기 조절까지 되어 있었다. 매현이 센스껏 조절한 덕이었다.

"원래 낯을 많이 가리는 사람들이 섬세하대요. 제가 잘 챙겨줄 테니까 옆에 딱 붙어 있으세요."

매현은 서희를 내려다보았다. 자기보다 한참 작았다. 잘 챙겨준다니, 그러기엔 이미 선봉 그룹이랑 속도 차이가 너무 나잖아? 숨을 헐떡이는 스스로부터 챙기는 게 좋지 않겠어? 매현은 그런 생각을 했다. 하지만 서희는 눈치가 없는지 어깨를 으쓱하며 자기를 믿으라는 포즈를 취했다. 매현은 자기 파악이 덜 된 사람의 그런 행동이 우스웠다. 그래도 낯을 많이 가리는 자신을 섬세하다고 말해준 건 고마웠다. 여태껏 그의 성격은 단점이자 구멍이었지 한 번도 좋게 생각할 만한 것이 아니었으니까. 물론 그런 말을 자신보다 한참 작은 사람에게서, 등산 능력치도 떨어지는 상대에게서 듣는 건 다소 황당한 일이었다.

펵 귀여워 보였다.

둘은 계속 산을 탔다. 산 중턱에 이르자 공중 화장실이 보였고, 그 앞에 쓰레기통도 놓여 있었다. 경계심이 누그러진 매현이 쓰레기를 넣은 비닐봉지를 잘 묶더니, 농구공을 슈팅하는 자세로 그 봉지를 던졌다. 봉지는 포물선을 그리며 날아가 정확히 쓰레기통에 골인했다. 옆에서 서희가 물개박수를 쳤다.

"와! 농구 선수 같아요!"

선수 같은 게 아니야, 나는 선수였다고. 매현은 으시대고 싶었으나 머쓱한 표정만 짓고 말았다.

참나무, 소나무, 버드나무……. 서희는 갖가지 나무를 구분할 줄 알았고 꼬박꼬박 알려주었다. 오르막길을 오를 때는 말을 하며 숨쉬기가 벅찼는지 대화의 절반은 헉헉거림이었다. 그러다가 그만 돌부리를 밟고 미끄러져버렸다. 서희가 통증을 호소하자 매현은 하는 수 없이 그녀를 업었다. 처음 보는 여자를 업기까지 하는 상황이 어처구니가 없어 헛웃음이 나왔다.

"웃으니까 훨씬 보기 좋아요."

서희는 눈치 없이 이런 칭찬을 했다.

"학교 다닐 때 인기 많지 않았어요?"

"저요? 전혀요……."

"알게 모르게 인기 많았을걸요. 잘생겼으니까."

커브 없이 다이렉트로 꽂히는 서희의 직구에 매현은 적잖이 당황했다. 친구들이 생김새를 칭찬해준 적은 종종 있었지만 으레 하는 입에 발린 소리라고만 생각했다.

한편 서희 또한 그런 매현이 신기했다. 외모로 사람을 평가해선 안 된다지만 겉모습에서 예상되는 성격과 실제 성격이 이렇게나 다르다는 점이 흥미로웠다. 서희는 느끼는 것을 영악하게 숨기는 사람이 아니었다. 좋으면 좋은 것이고 싫으면 싫은 것. 한창 청춘인 그녀에게 감정이란 굳이 1개월을 기다리고 1년을 심사숙고할 일이 아니었다.

산에는 아직 꽃이 다 떨어지지 않은 매화나무 한 그루가 남아 있었다. 매현이 잠시 쉬기 위해 등에서 서희를 내리자마자 그녀가 절뚝거리며 나무 아래로 가 해를 피했다. 서희는 뜨거운 뺨을 식히고자 손부채질을 하며 매현에게도 곁으로 오라 신호를 보냈다. 매현은 오도카니 서서 그 풍경을 잠시 바라보았다. 매화나무. 한평생 탐탁지 않게 여겼던 대상인데 낯선 존재가 더해지니 제법 괜찮게 보였다.

"저 궁금한 거 물어도 돼요?"

"네……. 이미 계속 물어봤으면서……."

"만나는 사람 있어요?"

매현의 두 눈 안에 산사태가 일어났다. 좌우로 요동치는 눈동자. 그것을 본 서희는 어린아이의 서툰 걸음마를 본 듯 파, 하고 웃어버렸다. 그 당돌한 웃음에 매현은 눈앞에서 3점 슛을 먹어버렸을 때처럼 굳었다.

이런 슛이라면, 몇 번을 더 당해도 괜찮았다.

스무 살의 서희는 햇살 같은 사람이었다.

매현의 휴대폰 번호를 물어 자기 폰에 저장한 후부터, 주말에 무엇을 하는지 묻고, 함께 밥을 먹자 하고, 공원을 거닐자 말했다.

'진짜 이상한 여자다…….'

어느새 매현은 그녀의 번호를 외우고, 주말을 기다리고, 그녀와 함께 밥을 먹고, 공원을 걸었다. 누군가 자신을 찾아주는 일 자체가 좋기도 했지만 그게 서희라서 더 좋았다. 어딜 가든 밝게 웃어 미움 살 일이 없는 햇살 같은 여자가 호의를 보여주는 게 감사하기까지 했다.

둘은 봄이 다 지나갈 때까지 종종 만남을 가졌다.

"오빠는 어떤 타입 좋아해? 한 번도 말 안 해준 것 같아."

서희는 여전히 질문이 많았다. 그건 매현에게서 듣고 싶은 게 여전히 많다는 뜻이었다. 바뀐 건 존댓말이 반말이 됐다는 것 정도였다. 매현이 대답했다.

"성격 좋은 사람."

"그렇게 말하는 사람들이 눈은 더럽게 높던데."

"널 좋아하면 눈이 높은 건가?"

"응?"

"아, 아니야! 잘못 말했다. 다른 거 생각하느라고……."

"또 대화 중에 멍때렸구나?"

매현이 당황하며 팔을 휘적거렸다. 둘이 만나서 밥도 먹고 영화도 본 사이지만, 정식으로 사귀는 사이는 아니었다. 가족이 아닌 사람에게 좋아한다는 말을 한 번도 해본 적이 없는 매현은, 불쑥 새어나온 진심에 크게 당황했다. 동시에 어렴풋이 자각했다. 시간이 지날수록 더 숨기기 어려워질 것이라고.

"그러면…… 너는?"

"내 이상형이 궁금해?"

매현에게도 이제는 궁금한 것이 생겼다. 서희는 고개를 갸웃거리며 고민하는 척을 하다 이내 답했다.

"책임감 있는 사람! 어렸을 때 아빠가 가정에 무책임했어서 힘들었거든. 지금은 엄마랑 둘이 살아. 그러니까 나는 우리 아빠랑 정반대인 사람이 좋아. 책임감이 있고 어딜 가든 1인분은 하는 사람."

겉으로는 늘 웃고 있지만 서희에게도 삶의 우여곡절이 있었다. 늘 침울한 사람의 상처보다, 밝은 사람의 상처가 더 아프게 느껴지듯이 매현은 항상 쾌활했던 서희가 안쓰러웠다.

'그래서 그랬던 걸까?'

매현은 산 중턱에서 봤던 서희의 모습을 다시금 곱씹었다. 그녀가 더욱 인간적으로 보였고, 돕고 싶었다.

"내가 책임감 있는 사람을 좋아하는 만큼, 나도 더 책임감 있는 사람이 될 거야. 근데…… 그러면 너무 억척스러워 보이나?"

"전혀."

"가끔 걱정돼. 책임감을 너무 챙기며 사는 내 모습이 좀…… 덜 매력적이면 어쩌나 하고. 사실 예전에 소개팅에서 만났던 사람은 이런 게 싫다고 했어. 내가 너무 어리광이 없고 혼자서 다 해결하려 한다고……."

매현은 아무 말 없이 서희의 머리를 쓰다듬었다. 불안해하는 강아지나 고양이를 달래듯이. 서희는 놀란 기색을 내비치면서도 이내 기뻐했다. 자신이 억척스럽게 보일까 봐 고민이라며 솔직하게 불안을 내보이는 모습마저도 매현의 눈에는 사랑스럽기만 했다.

책임감. 썩 자신 있는 영역은 아니었다. 하지만 왠지 모르게 의지가 샘솟았다. 자신도 이 여자의 기특한 부분을 닮아, 지금부터는 다르게 살 수 있겠다는 확신이 들었다.

"서희야."

"응?"

"등산 가서 찍었던 네 사진, 내 휴대폰 배경화면으로 해도 돼?"

스물여섯의 남자는 스무 살 여자의 첫 여름이 되어주기로 마음을 먹었다.

❀

평일 저녁, 집 근처 노상포차로 규태를 불렀다. 규태는 멋대로 매현을 등산 동아리에 가입시킨 일로 힐난을 받을까 노심초사하고 있었다. 집에만 있던 친구에게 좋은 경험을 만들어주기 위함이었지만, 매현이 화를 내면 두 손 두 발 싹싹 빌 준비를 했다.

손님이 없어 한산한 포차. 플라스틱으로 된 원형 테이블 위에 맥주 두 병과 반건조 오징어, 땅콩 안주 접시가 놓였다. 매현은 꿰뚫어보기 어려운 표정으로 오징어 다리 하나를 우물거렸다. 친구의 인기척을 느끼자 그는 인사 없이 하얀색 플라스틱 의자 하나를 드르륵 끌어왔다.

"왔냐? 너 여기 앉아봐라."

이른바 '한밤의 진실 의자'라고 불리는, 얼굴을 마주 보고 앉으면 천년의 비밀도 다 이야기해버릴 것 같은 의자였다. 규태가 뻣뻣하게 인사를 하고는, 긴장하며 앉았다.

"규태 너 스무 살 때 연애해봤지?"

걱정과 달리 돌아온 건 생뚱맞은 질문이었다.

"해봤지."

"그러면 화이트데이나 밸런타인데이 서로 챙겼어?"

"챙겼지. 근데 왜?"

대화는 규태의 예상과 다르게 흘러갔다. 규태는 긴장을 단번에 풀고 맥주 한 잔을 들이켰다. 시원하고 부드러운 첫 모금이었다.

"그럼 성년의 날에는 뭘 해줬어?"

"너 설마?"

규태는 유치원에 좋아하는 여자아이가 생겼다고 고백하는 아들을 대하듯이 비죽거리는 입꼬리를 멈추지 못했다. 매현은 아직 그런 단계는 아니라고 손사래를 치면서도, 규태처럼 실실 웃었다.

"나한테 헛짓거리해줘서 고맙다."

"이 자식! 드디어 너한테도 봄이 왔구나."

"호들갑 떨지 마."

규태는 오랜만에 보는 친구의 바보 같은 얼굴이 참으로 기뻤다. 농구 선수 꿈을 접고 세상에 소극적으로 변했던 친구를, 다소 막무가내긴 했지만 도울 수 있어 다행이었다. 물론 등산 동아리에 몰래 가입시킨 일이 선의의 적절한 형태라 단정 짓긴 어려웠으나, 어쨌든 매현에게 도움이 된 것이다. 매현은 더 이상 침대에 누워 하릴없이 휴대폰만 보며 살지 않을 것이다.

"매현아, 오늘 내가 살게. 내가 다 기분이 좋거든."

"아이씨, 고맙게."

"잘됐으면 좋겠다야."

"성년의 날에 뭘 했는지나 알려줘."

"음……. 나는 여자 친구한테 향수랑 꽃다발을 사줬고, 여자 친구는 나한테 지갑을 사줬어."

"그날 챙겨주는 일이 의미가 있었지?"

"당연히 있었지. 스무 살, 성년, 새로운 시작! 그 시절을 함께한 사람이 준 선물은 아무래도 평생 못 잊지. 그 지갑, 아직도 집에 있어."

규태가 분위기를 바꾸려고 의자를 테이블 가까이 바짝 끌며 물었다.

"근데 성년의 날은 왜? 넌 스물여섯인데."

"상대는 스무 살이니깐."

"뭐? 야 이 도둑놈 자식아!"

규태가 어처구니없어하며 땅콩 하나를 매현에게 던졌다. 전직 농구 선수였던 남자는 민첩하게 고개를 꺾어 피했다.

"역시 안 되는 걸까?"

"장난이야."

"다행이다."

"그런데 네가 여섯 살이나 많으니 책임감 있게 잘 이끌어줘."

"책임감이라……."

"사람과 사람이 만날 때 꼭 있어야 하는 건 돈이 아니라 책임감이야."

매현은 답 없이 맥주를 원샷하며 생각했다. 책임감. 서희가 말했고, 이번엔 규태가 말했다. 좋아하는 여자와 소중한 친구가 모두 말하는 것이니, 지금 매현에게 필요한 것은 책임감이 맞았다.

"매현아, 그 여자가 뭘 좋아하는지는 알아?"

"음…… 등산은 그다지 안 좋아하는 것 같아. 만난 뒤로 산 탄 적이 없거든."

"그럼 뭘 특별히 좋아하는 것 같아?"

매현은 고민했다. 서희가 뭘 좋아하더라? 토마토 파스타도 잘 먹고, 크림 파스타도 잘 먹었다. 양고기도, 돼지고기도 가리지 않고 먹었다. 또래들이 좋아할 법한 건 다 좋아했다. 하지만 모든 걸 좋아한단 말은 사실 최고로 좋아하는 건 없다는 뜻 아닌가? 매현은 서희가 진짜로 좋아하는 게 뭔지 몰랐다. 기억 속 서희는 늘 행복한 얼굴이었다. 곁에서 뭔가를 재잘재잘 떠들고, 움직이고, 눈을 맞추던 서희에게선 단 한 번도 불만족이라는 것을 볼 수가 없었다.

"나를…… 좋아하는 것 같아……."

"뭐라고?"

"그 애는 나를 제일 좋아하는 것 같다고."

"미친놈!"

규태가 짜증 반 부러움 반을 담아 땅콩을 연거푸 투척했다. 날렵한 매현이 진중한 표정으로 전부 피해버렸지만.

"잘해줘라."

"그야 당연히……."

"네가 생각하는 것 이상으로 잘해주라고. 스무 살이잖아."

"당연하지. 나도 어린애한테 잘해줘야 한다는 것 정도는……."

"꼭 그래서가 아니야. 평생에 한 번뿐인 스무 살을 사는 사람이 널 그렇게 좋아해준다며. 사람 대 사람으로 책임감을 다해서 잘해줘. 쉽게 생각하지 말고, 널 좋아한다고 방심하지도 말고. 네가 느낄 정도로 너를 좋아해주는 그 마음, 정말 귀한 마음이니까."

매현은 동갑내기 규태의 설교가 싫지 않았다. 소심히 고개를 끄덕였다. 매현 역시 규태의 말처럼 서희에게 잘해주고 싶었다. 어려서가 아니라, 여자라서도 아니라, 자신의 존재를 조건 없이 수용해준 고마운 한 사람이기에.

❀

향수와 장미꽃 한 다발. 규태는 아주 별다른 걸 주려고 고민할 필요가 없다고 조언했다. 매현은 선물과 함께 고백을 준비하면서, 왠지 닭살이 돋아 견딜 수가 없었다. 교제하자는 말을 입 밖으로 꺼내버리면 벼락을 맞을 것 같다는 걱정이 들었다. 왜 그런 말도 있지 않은가. 사람이 안 하던 짓을 하면 죽는다고. 서희에게 낯간지러운 말을 하는 자신을 상상하니 웃음이 나고 겁이 나기도 했지만, 행복하다는 감정 역시 부정하기 어려웠다.

이제 남은 건 돈 문제뿐이었다.

"자, 오늘 물량 들어옵니다."

"네!"

"빠른 작업 부탁합니다. 요새 성수기라 1초가 급하거든요."

그가 돈을 벌기 위해 선택한 것은 택배 물류 일이었다. 택배를 주소지에 따라 분류하는 작업인데, 몸만 쓰고 돈도 빨리 받는 일로 이것만큼 좋은 게 없었다. 일당 10만 원은 평생 땡전 한 푼 벌어본 적 없는 매현에겐 큰돈이었다. 규태나 부모님에게 말하면 걱정하며 다른 일을 하라고 할까 봐 알리지 않았다.

"항상 뒤를 신경 써야 합니다. 앞 손이 놀면 뒤 손이 화가 나니 한눈팔지 맙시다."

작업 관리자가 매현의 등을 퍽퍽 두드리며 독려했다. 매현은 유수 풀의 물처럼 쉼 없이 밀려 들어오는 택배 박스들을 허겁지겁 분류했다. 여럿이 함께 있었으나 다들 말 한마디 섞지 않는 것이 꼭 공장 기계 속 부품이 된 기분이었다. 허리가 반쯤 굽은 채로 상자를 집고, 던지고, 다시 집고, 또 던지는 일이 수 시간 동안 반복되었다. 전완근이 얼얼했으며 이마에선 땀이 비처럼 쏟아졌다.

"ㅎㅎㅎ."

그럼에도 매현은 자신도 모르게 실소를 터뜨렸다. 팔이 터질 것같이 아픈데, 그날 서희를 업고 등산한 일에 비하면 체력적으론 덜 힘들다는 생각이 들었다. 이렇게 고된 일을 하면서도 미소가 나오다니. 매현은 돈이 입금되면 서희가 살을 빼지 못하도록 맛있는 걸 잔뜩 사줘야겠다고 다짐했다.

그렇게 매현은 3일간 야간 택배 알바를 진행했다. 30만 원이면 선물을 사고 하루를 근사하게 보내기에 부족함이 없었다. 마지막 날, 그는 단비 같은 쉬는 시간 동안 서희에게 연락하기 위해 창고 밖으로 잠시 나갔다.

발신 *다음 주 토요일에 만날래? 공원에서 기다릴게.*

잠이 오지 않아 연락했다는 핑계로 메시지를 남겼다. 턱 아래로 땀이 흘렀다. 무의식중에 휴대폰을 든 손을 들어 땀을 닦으려다 그만 휴대폰을 놓쳐버렸다.

'하필 왜 하수구에 들어갔어?'

서희와 유일하게 닿을 수 있는 통로인 작은 세계가 어둠 속으로 사라져버렸다. 이에 매현은 어쩔 줄 몰라 하다가 하수구 덮개를 열려 했으나 맨손으로는 힘들었다. 지렛대 같은 게 있어야 했다. 하수구 구멍 밑에서 들려오는 물살 소리가 매현을 조급하게 만들었다. 물이 흐르는 상태라면 휴대폰이 그 자리에 있지 못하고 먼 하수처리장까지 떠밀려갈 게 분명했다. 그렇게 된다면야 찾지 못한다고 봐야 했다. 매현은 휴대폰을 새로 구입하는 데 돈을 쓸 마음이 전혀 없었다.

'팔이 기니까 될지도 몰라……'

매현은 하는 수 없이 구멍에다 긴 팔을 밀어 넣고 억지로 휴대폰을 꺼내려 했다. 하수구의 깊이가 얕아 손끝에 찰랑이는 물이 느껴졌다. 좀 더 휘적거리면 휴대폰을 잡을 수 있을지도 몰랐다.

'어디에 있는 거지……'

생각대로 일이 풀리지 않아 납작 엎드려 하수구 구멍에 얼굴을 밀착시켰다. 조금이라도 더 잘 보기 위해서. 야간이라 사방이 어두워 쉽지 않았다. 그때 주변에 환한 빛이 드리우더니 하수구 구멍 안이 잘 보이기 시작했다. 누가 손전등으로 도움을 주는 것 같았다. 매현이 기뻐하며 휴대폰의 위치를 확인했다. 팔을 뻗으면 가망이 있었다. 다행이라는 생각에 안도하려던 찰나였다.

"어어, 거기!"

매현이 경고에 놀라 엎드린 채로 고개를 들었을 때, 그가 본 것은 손전등을 든 사람이 아니었다. 후미등을 켠 채로 돌진하는 택배 차량이었다.

❁

일제히 방울에서 손을 뗐다.

타인의 삶을 읽은 후 처음으로 할 말을 고르는 일은 어려웠다. 그를 위로하려는 마음조차 욕심이지 않을까 싶어 섣부른 말은 삼갔더니 할 수 있는 말이 없었다. 어색한 분위기를 깬 건 사월이었다.

"매현 씨……. 모솔로 죽으셨네!"

한없이 가벼운 말이었으나 오히려 매현은 싫지 않은지 고개를 끄덕였다. 그가 주머니에서 휴대폰을 꺼내더니, 용기를 내어 배경화면을 보여주었다. 오래전 봄날, 꽃나무 아래에서 해맑게 웃고 있는 한 여자의 사진이었다.

자신이 죽고 난 후에도 끝내 휴대폰은 발견되지 못했다고 매현은 덧붙였다. 그래서 자신의 죽음이 서희에게 너무 늦게 알려졌는데, 이 또한 부끄러움이 많은 자신의 성격으로 인해 서희와의 관계를 거의 알리지 않았던 탓이라며 후회했다.

"요즘 같은 세상에, 좋아하는 사람의 죽음을 즉각 알리지 못한다는 게 말이 돼요?"

"그 말이 안 되는 일도 벌어지는 게 이승이더라고요."

매현이 씁쓸한 표정을 지으며 옆통수를 만지작거렸다.

"운동선수였던 내가 늘 곁에 부끄러움을 두고 살았던 것도 사실은 말이 안 되잖아요. 이상하고."

나는 그가 하는 말이 스스로의 상처를 후벼파는 것처럼 느껴져 안쓰러웠다. 하지만 죽음을 경험한 그는 오히려 덤덤해 보였다.

"삶이란 그런 거더라고요. 말이 안 되는 일의 연속."

매현은 약속 날에 몇 시간이고 자신을 기다렸을 여자를 생각하면 죽어서도 죄스럽다며 괴로워했다. 그는 오늘로 죽은

지 딱 3년이 되었다고 했다. 원래라면 죽은 날로부터 49일이 지나기 전에 화월당으로 와야 했으나, 미련이 남아 서희 곁을 맴돌다가 꼬박 3년이 지나서야 오게 된 것이다.

"그래서 가장 달고 예쁜 걸 주문하셨군요."

"닮은 걸 주고 싶어서요⋯⋯."

"우리가 도울게요!"

좋은 메뉴가 떠올랐다. 나는 망설임 없이 할머니의 레시피 책자에서 꽃 모양 화과자를 찾았다.

꽃 화과자는 화과자를 대표하는 과자로, 꽃이나 작은 과일을 본따 알록달록하게 꾸민 설탕 디저트다. 모양이 무척 예쁘기 때문에 소중한 사람에게 대접하기 위한 선물용으로 사랑받는다. 할머니가 남긴 레시피 책자에는 동백, 벚꽃, 해바라기 모양을 만드는 방법이 기입되어 있었다. 하지만 나는 다른 꽃을 떠올렸다.

"매화 모양으로 만들게요."

백앙금을 반죽 형태로 만든 다음 찹쌀가루, 물과 섞어 전자레인지에 돌린 후 공예가 가능하도록 준비하는 게 첫 번째 순서였다. 기호에 맞는 색소를 섞어 원하는 모양으로 빚는데, 하얀 매화꽃을 만들기 위해 색소 없이 백앙금의 색을 그대로 남겼다. 그 대신에 중앙에 노란 부분을 따로 만들어 붙여 꽃의 수술을 표현했다. 매화는 벚꽃과 무척 닮았지만, 꽃잎이 두 갈래로 갈라진 벚꽃과 달리 꽃잎 끝이 둥글었다. 사진 속 여자의 선한 웃음처럼 둥글둥글한 꽃잎을 만들었다.

화과자의 경우 맛보다 외형이 조금 더 중요해서, 복잡한 풍미를 고민할 필요가 없기에 다섯 개가 금방 완성되었다. 편백나무 함에다 그 꽃 화과자들을 일렬로 넣고 포장을 마쳤다.

"마음에 드시나요?"

자랑스레 선보이자 매현이 기뻐했다. 그는 내가 건넨 여분 하나를 달게 베어 먹었다.

"맛있네요! 서희가 좋아할 것 같아요. 그런데 어떻게 전해 주죠?"

사월이 끼어들었다.

"여기는 만들어주는 곳이지, 배달 업체가 아니에요. 예전부터 여기 오는 망자들은 꼭 배달까지 요청했다니깐."

"하지만 저만 먹어서는 의미가 없는데……."

사월이 툴툴거려도 매현은 화 한 번 내지 않았으나, 배달은 어렵다는 퇴짜를 맞자 풀이 팍 죽어버렸다. 그 모습이 물에 젖은 커다란 골든 리트리버 같아 안쓰러웠다.

"제가 도와줄게요!"

"얼레? 연화 씨가 무슨 수로?"

"사월 씨도 도와주실 거죠?"

"저요? 싫어요. 일 시키지 마요. 그쪽 할머니도 날 무진장 이용했다고요."

사월이 학을 떼며 고개를 저었다. 그는 청년 무당이라는 이유로 할머니에게도 부려먹혔다며 절대 내 부탁은 들어주지 않을 거라 단호히 굴었다. 그럴수록 매현의 표정은 더욱 안쓰러워졌다. 서운한 눈동자를 보니, 측은지심이 솟구쳐 더욱 강하게 도움을 요청했다.

"사월 씨! 매현 씨를 한 번만 도와줘요. 망자잖아요!"

"이봐요, 연화 씨. 당신 지금 사심이 가득해. 정신 차려요. 망자라고!"

"눈 좀 보세요! 저걸 보고도 거절하는 건 잔인해요."

"젠장할 외모 지상주의."

내가 사월의 손까지 꼭 붙들고 애원하자, 그는 방울을 주머니에 쑤셔 넣고는 못 이긴 척 고개를 끄덕였다. 귀찮은 건 딱 질색이라고 펄펄 화를 냈으면서도 결국 부탁을 들어주는 걸 보니 보기보다 마음이 무른 사람이었다. 이런 식으로 할머니도 사월에게 도움을 많이 요청했겠구나. 나는 왠지 그런 사월이 인간적으로 느껴져 밉지 않았다.

❀

계획은 간단했다. 서희를 만나 꽃 화과자 전해주기. 사월은 조건이 있다고 했다. 일반인은 화월당이 망자와 산 자를 연결하는 곳임을 절대 알면 안 된다는 것. 신묘한 영력을 엿보는 사람이 많아지면 동티가 날 가능성이 커져서 위험하기 때문이라고 했다. 원래 비밀스러운 힘은 비밀로 지켜질 때만 존속한다면서. 그래서 서희에게 자세한 내용을 설명해서는 안 된다고 했다.

이 말을 들은 매현이 크게 실망하자 사월이 말했다.

"이봐요, 덩치 씨. 이곳은 망자 고민 상담소 같은 게 아니야. 이렇게 도와주는 것만 해도 특별 대우 해드리는 겁니다요?"

"하지만 죽은 후 제가 느낀 마음을 설명하지 못하면 이렇게까지 하는 의미가 없잖아요."

"설명이 아니라 3년 동안 이승을 떠나지 못한 당신의 한을 풀어야죠. 당신, 환생하고 싶지 않아요? 화월당에서 화과자를 사는 건 환승 티켓을 구매하는 행위예요. 그 행위 자체로 환생 기회를 얻는다고요. 이게 무슨 말인지 알아요? 오늘은 당신이 '장매현'으로서 이서희를 기억하는 최후의 날이란 뜻입니다."

사월은 확실히 화월당과 망자, 그리고 여러 규칙들에 대해 잘 알고 있었다. 나는 견습생의 마음가짐으로 사월의 설명을 새겨들었다.

눈치채지 못한 사이에 가게 앞에 검은 고양이가 다시 나타났다. 그 고양이는 메야옹 하고 울며 우리를 어디론가 인도하려 했다.

"고양이가 온 걸 보니 서희 씨가 있는 곳을 알고 있나 보네요."

"저 고양이, 역시 보통 고양이가 아닌 거죠?"

"아마 나만큼 신력이 있는 고양이일 거예요. 아무나 여길 오진 않으니까요."

우리는 고양이를 따라갔고, 도착지는 화월당과 그리 멀지 않은 공원이었다. 매현이 공원에서 서희를 종종 만났다고 하자 사월이 대꾸했다.

"운이 좋으시네요. 멀었다면 이 고양이가 아예 인도해주질 않았을 거예요. 꿈으로나 연결해주지."

"어쩌면 이것도 누군가의 뜻일까요?"

"누구요?"

"삶과 죽음을 내려다보는 운명 같은 것이랄까요."

"그냥 귀신의 장난일지도요."

우리는 공원의 벤치에 꽃 화과자 상자를 올려놓았다. 깊은 밤 가로등 아래에는 인적이 없었고, 사월이 벤치 위의 흙을 털며 말했다.

"기다리면 이쪽으로 오나 봅니다."

"형, 그럼 잠깐만 몸을 빌릴 수 있을까요?"

"예?"

"보니까 여기 사장님은 귀문이 꽉 닫혀 있는데 형은 무당이라서 열려 있네요. 들어갈 수 있겠어요."

"아, 아뇨. 별로 빙의하고 싶지 않⋯⋯"

그 순간 검은 고양이가 앙칼지게 울고선 수풀 너머로 사라졌다. 나도 고양이를 따라 숨었다. 매현과 사월의 몸이 겹쳐지더니 매현은 사라지고, 사월이 두통을 호소했다. 나는 그에게 매현의 영혼이 빙의됐음을 알아차리곤 얼른 편백나무 함을 챙기라고 소리쳤다.

"거참 멋대로인 귀신이네⋯⋯."

사월이 지끈거리는 머리를 붙잡으며 정신을 차리자 멀리서 한 여자가 걸어왔다. 작은 체구지만 당차게 휘적이는 팔과 전체적으로 귀여운 인상. 틀림없이 서희였다. 그녀는 만취했는지 딸꾹거리며 벤치에 쓰러지듯 앉았다. 사월이 코를 부여잡고 술 냄새로 괴롭다는 시늉을 했다.

"이봐요. 술을 마셨으면 곱게 귀가를 해야지, 왜 공원에서⋯⋯."

"아저씨, 말 걸지 마쇼."

"아저씨?"

사월 또한 그녀가 서희임을 알아차렸다. 서희는 벤치에 반쯤 누운 자세로 있다가 겨우 제대로 앉았다.

"바람맞아서 기분 나쁘니까 말 걸지 말라고요."

나는 반대쪽 수풀 뒤에서 서희의 말을 받아주라는 신호로 고개를 끄덕였다. 사월이 마지못해 팔짱을 끼고선 말을 이었다.

"바람이라면 여기도 많이 부는데 왜 집에 가질 않고 여기에 있담."

"누구신데 약을 올리세요."

"그냥 내가 아는 어떤 무책임한 녀석도 좋아하는 여자를 바람맞히고 왔다기에."

"쓰레기 같은 놈이네요!"

매현에게 빙의된 사월의 어깨가 움찔하는 게 보였다.

"아저씨, 사람이 사람을 좋아하는 건 왜 이리 어려운 걸까요⋯⋯."

서희가 어깨를 축 늘어뜨리고는 고개를 숙였다. 취기가 잔뜩 오른 그녀의 붉은 뺨이 가로등 불 아래에 환히 드러났다.

"왜 그렇게 생각해요?"

"그냥요. 제가 좋아했던 사람은 오래전에 떠났고, 그 후로도 누군가를 만나지 못했거든요."

"겉으로 보기엔 그쪽 말짱한데 왜?"

"어쩌면 내 마음이 여전히 3년 전에 머물러 있는지도요⋯⋯."

그 순간 사월의 눈빛이 바뀌었다. 그는 서희의 곁으로 조금 더 가깝게 다가갔다.

"3년 전에 안 좋은 일이 있었나 봐요?"

"첫사랑에 실패했죠. 죽었거든요."

"그 죽음이 원망스러웠나요?"

"엄청요."

"호호. 그럼 그 사람, 죽어서도 천국은 못 갔겠다."

"맞아요, 지옥 가야지! 지옥……. 아녀요……. 절대 지옥에 가면 안 돼요……. 착하고 좋은 사람이니까 꼭 천국에서 나 같은 건 다 잊고 행복하게 살았으면 좋겠어요……."

서희가 고개를 꾸벅거렸다. 술기운에 잠이 오는지 말의 속도가 현저히 느려졌다.

"나도 차라리 따라가고 싶다. 스물셋이 돼도 매번 사랑에 실패만 하는데……."

"왜 실패라고 생각해요?"

"그야…… 이제 아무도 날 그 사람만큼 좋아해주지 않고, 나도 그 사람만큼 누군가가 좋아지질 않으니까요……."

사월의 몸을 빌린 매현이 꽃 화과자가 든 편백나무 함을 만지작거리며 그녀를 바라보았다. 꾸벅꾸벅 조는 모습도 그에게는 사랑스러워 보일 게 분명했다.

이윽고 그녀는 거의 비몽사몽한 상태가 되어, 수면과 각성의 중간 단계에서 겨우 버텼다.

"난 네가 사랑하며 살길 바라는데."

매현이 이렇게 말하며 그녀의 손 위에 자신의 손을 포갰다. 서희는 이미 반쯤 잠들어 대꾸를 하지 못했다.

"네가 행복하길 바라. 날 행복하게 해줬던 만큼."

서희는 눈을 감더니 매현의 어깨에 기대어 완전히 잠이 들었다. 사월의 얼굴을 한 매현은 다시는 하지 못할 고백을 한 뒤 쓰게 웃으며 그녀의 뺨을 쓰다듬었다. 몸을 바로 앉혀주는 손짓이 자상했다. 그러고는 사월의 몸에서 빠져나왔다.

나는 서희가 잠에서 깨지 않도록 살금살금 다가갔다. 사월은 매현에게 더 이상 시간을 지체하면 곤란해지니 환생을 위해 떠나라고 경고했다.

"선생님들, 저 결심했어요."

"뭘요?"

"빨리 환생해서 서희의 스물세 살 연하 애인이 되어야겠어요."

"진심이세요?"

"네!"

오늘 본 그의 모습 중 가장 적극적이었다. 비록 지금은 두 사람이 만든 인연의 끝자락에 해당하는 순간이지만, 서희와 대화를 나눴음에 충분히 만족한 얼굴이었다.

자정이 다가오고 있었다. 사월의 말대로 정말로 떠나야 하는 시간이었다. 그는 매현의 등을 두드리며, 잠든 서희는 잘 귀가시킬 테니 미련 없이 환생하라 독려했다. 매현은 무릎을 굽혀 잠든 첫사랑의 얼굴을 한 번 더 보고는 아릿하게 속삭

116

였다.

"나와 인연이 다시 닿지 않더라도 늘 행복해야 해."

그는 우리에게 잘 부탁한다는 말을 남기고는 떠났다. 홀로 나아가는 망자의 뒷모습이 조금은 쓸쓸해 보였다. 우리가 손을 흔들어주기 위해 그의 이름을 한 번 더 불렀을 때, 망자는 마지막 감정을 담아 힘껏 웃어주었다.

❀

매현이 이승을 떠난 뒤, 나는 서희의 어깨를 붙잡고 흔들었다.

"저기요, 여기서 주무시면 안 돼요."

서희가 몽롱한 얼굴로 눈을 겨우 뜨더니 자신이 왜 이곳에 있냐고 물었다. 나와 사월이 황당한 척하며 술에 취해 집도 잊어버렸냐고 반문했다. 서희는 집이 아닌 밖에서 잠들었다는 사실에, 그제야 정신이 확 드는지 얼른 자세를 바로잡고 휴대폰을 보았다.

"12시가 넘었네!"

그녀는 귀가 시간이 늦어 부모에게 혼이 날 거라며 허겁지겁 가방을 챙겼다. 다행히 도로변에 택시가 여러 대 보였다.

나는 서희 곁에 있는 편백나무 함을 가리켰다.

"이거 챙기셔야죠."

"제 거 아닌데요?"

"어떤 남자분이 주고 가셨는걸요? 술에 많이 취해 기억을 못 하나 봐요."

우리는 이 말을 남기고 자리를 떠났다. 먼발치서 몰래 벤치를 바라보니 서희가 편백나무 함을 조심스럽게 열고 있었다.

"매화?"

새벽바람이 불어왔다. 서희의 눈이 일순간 커졌다가, 다시 작아졌다. 그녀가 상실했던 마음만큼은 아직 이 세계를 떠나지 않았나 보다.

나와 사월은 덩그러니 놓인 추억의 마지막 인사가 미래의 축복으로 이어지길 바라며 공원을 등졌다. 두 사람의 연은 다시 닿을 수 있을까. 기약하지 못할 먼 미래를 미리 그리워하며 밤하늘을 올려다보았다.

그러고는 스무 살의 서희처럼 엉겁결에 불쑥 물었다.

"사월 씨는 만나는 사람 있어요?"

사월은 대답 없이 나를 빤히 바라보았다. 그의 귓바퀴가 조금은 붉어졌다.

매현이 화월당에 놓고 간 화과자값은 다름 아닌 농구공이었다. 상황으로 미루어볼 때, 망자들은 살아생전 소중히 여겼던 물건을 대가로 지급했다. 하지만 화월당은 환상 속 오아시스가 아니었다. 엄연히 등기부등본이 존재하는 실물 가게였고, 할머니의 대를 잇는 나는 산 사람이었다. 그들이 남긴 물건으로는 전기세도 내지 못했다.

"여기서 가장 가까운 사찰인 홍석사에 물건들을 갖고 가봐요. 할머니 이름을 대면 알 거예요."

"이런 물품들을 사주는 건가요?"

"제일 중요한 건 언제나 스스로 알아볼 것! 그래야 피가 되고 살이 되지요."

사월은 홍석사의 위치를 알려줬고, 다른 방도가 없는 나는 그의 제안을 받아들일 수밖에 없었다.

그리하여 토요일 정오, 오랜만에 이령을 만났다. 절에 혼자 가본 적이 없어 용기가 나지 않는다고 하니 이령이 기꺼이 따라나서줬다. 가벼운 옷차림으로 만난 우리는 간만에 긴 산책 겸 등산을 하는 기분으로 홍석사라는 사찰로 향했다. 새벽에 이슬비가 내렸는지 땅과 나무가 젖어 있어 가는 길이 덥지 않았다. 기분 좋은 초록의 냄새가 우리를 따라왔다.

"화월당 영업은 어때? 할 만해?"

"말도 마라. 취준생이었을 때가 양반이었어."

"네 할머니가 널 제대로 훈련시키시는구나! 근데 쇼핑백에 농구공이랑 원피스는 뭐야?"

"이걸 가져다줘야 해서."

"절에다가?"

내가 솔직하게 말하면 이령이 믿을까? 이 물건들이 망자가 치른 과자값일지도 모른다는 걸. 믿을 것이란 보장이 없거니와, 믿는다 해도 문제였다. 다정한 이령이라면 분명 나를 걱정하여 당장 퇴마를 하자거나 굿을 하자며 현실적인 방안을 제시할 게 뻔했다. 사정을 상세하게 말하지 않는 게 좋겠다는 판단이 섰다.

거짓말을 하는 것 같아 미안했지만, 걱정시키고 싶지 않았다.

"왠지 그 사찰에 필요할 것 같아서."

장난스레 웃어넘기자 이령이 의아하다는 반응을 보였다. 다행히 그녀는 가는 길에 발견한 산채 비빔밥집에 마음을 뺏겨 더는 궁금해하지 않았다.

경사가 완만한 오르막길을 타고 20분을 걸었다. 홍석사가 산꼭대기에 자리 잡은 사찰이 아니라는 게 천만다행이었다.

"이령아, 우리도 운동 좀 해야겠다."

"그러게. 젊었을 때 운동을 게을리하면 심장마비 발생률이 올라간대."

"끔찍한 소리!"

"끔찍한 건 어제 헬스장 가서 찍어 온 내 인바디야. 한번 볼래?"

자조적인 이야기를 하는 중에도 들이마시는 공기가 상쾌했다. 땀방울이 이마에 맺혔지만 기분만큼은 신선히 환기되는 중이었다. 두 팔을 양옆으로 힘껏 펼쳐 가슴 깊은 곳까지 나무의 향을 밀어 넣으니 누군가가 커다란 손으로 등을 훑어주는 온기가 느껴졌다.

어느덧 눈앞에 사찰이 보였다.

"방문객이 없네."

"인기가 있는 곳은 아닌가 봐."

사찰에 맑은 햇살과 적막이 동시에 내려앉았다. 흐릿한 향 내음이 바람을 타고 우리 코끝까지 당도했다. 나는 왼쪽 구석에 위치한 종무소로 향했지만, 주말이라 상주 직원은 없었다. 이령이 가운데의 법당을 가리켰다.

"저기 스님 한 분이 계셔."

유일하게 열린 법당 문 너머에 정갈한 자세로 방석 위에 앉아 계신 스님이 보였다. 스님은 우리가 걸어오는 소리를 들으셨음에도 눈을 감은 채로 수양 자세를 유지했다. 부드럽게 접힌 눈두덩이가 이루는 얼굴이 평온해 보였다.

"스님, 저는 화월당이라는 가게에서 온 홍연화라고 하는데요…….."

스님은 내 목소리를 듣자 부드럽게 눈을 떴다.

"윤옥 씨의 손녀입니까?"

"맞아요. 저희 할머니를 아시나요?"

스님은 천천히 상체를 돌려 법당 밖의 우리를 바라보았다.

"물건들을 가져오셨겠군요."

그윽한 눈빛과 나지막한 목소리가 마치 여름날의 호수처럼 잔잔하게 울려 퍼졌다. 일순간 깨끗한 승복을 입은 스님의 모습이 온 세상의 색을 모두 머금고 내 눈 속에 선명히 각인되었다.

나는 뭐라고 설명해야 할지 감이 잡히지 않아 쇼핑백만 내밀었다. 스님에게서 풍겨 나오는 고즈넉함에 압도된 것 같기도 하고, 이 물건들이 내게 고요를 부탁하는 것 같기도 했다.

"압니다. 걱정 마시지요."

스님은 필요한 것을 주겠다며 즉시 자리에서 일어났다. 과연 사월의 말은 사실인 걸까. 우리는 스님을 따라 법당 뒤편으로 향했고, 그곳에 초를 넣어두는 작은 유리함과 좌상불, 커다란 향로가 있었다. 홍석사를 부드럽게 감싸는 향이 시작되는 곳이었다.

"하나 피우시지요."

스님이 향 두 개를 집어 우리에게 내밀기에 그것에 불을 붙여 향로에 꽂았다. 회색빛 연기가 피어오르더니 이내 바람에 희석되어 하얗게 변했다.

"두 분은 죽음에 대해 생각해본 적이 있습니까?"

"올라오면서 심장마비 이야기를 하긴 했는데."

나는 헛소리를 하려는 이령의 입을 막았다. 농담 따먹기를 하기엔 스님의 질문이 무척 진지하게 느껴졌기에. 그러나 스님은 가벼이 대꾸한 이령을 꾸짖지 않으셨다.

"죽음을 이야기하면서도 장난을 칠 수 있으니 얼마나 좋은 젊음입니까. 두 분의 마음에 순수가 남아 있다는 의미지요."

"저희 둘 성인이에요."

"마음의 순수는 나이를 먹는다고 사라지는 게 아닙니다."

스님은 그렇게 말하면서, 천천히 쇼핑백 안에 든 물건들을 꺼내 유리함 위에 올렸다. 누군가가 입은 흔적이 있는 수국 원피스와 때가 탄 농구공. 어느 것 하나 사찰과는 어울리지 않았다.

"사람이 죽으면 짧게는 49일, 길게는 3년까지 영혼으로 머물지요. 짧게 머물수록 좋습니다. 그래야 서둘러 다시 태어나니까요."

이령은 앞뒤 맥락이 부재하는 수상한 이야기에 흥미를 느끼는 듯했다.

"사십구재랑 삼년상 말씀하시는 것이지요?"

"그렇습니다. 삼년상은 부모가 죽은 뒤에 치르는 상인데, 3년간 부모에 대한 감사와 효를 기리는 것이지요. 영혼이 이 땅에 머물러도 괜찮은 최대 기간이 3년입니다."

"그럼 3년이 넘어도 영혼으로 남아 있으면 어떻게 되나요?"

"다음 생의 명부에서 지워진답니다."

"혼이 말소되는 건가요?"

"아닙니다. 다만 환생하지 못하고 바람이 되어 유랑할 뿐입니다. 중생을 향한 부처님의 자비이지요."

나는 매현을 떠올렸다. 매현이 화월당을 방문한 날은, 그가 죽은 지 정확히 3년이 되는 날이라고 했다. 만약 매현이 하루라도 더 늦게 왔다면 환생하지 못할 수도 있었다.

"그래서 누군가는 망자가 환생 길에 오르도록 재촉해야 하는군요?"

스님이 가늘게 뜬 눈으로 나를 보더니 천천히 고개를 끄덕였다. 내가 무슨 일을 했고, 누구를 만났는지 모두 알고 계신 눈치였다.

"하지만 스님, 만약에요, 진짜 만약에요, 딸의 결혼식에 가지 못하고 죽은 사람이 있다고 쳐요. 그 사람이 사십구재가 끝난 후 바로 환생 길에 오른다면 이상하지 않겠어요? 저라면 미련이 남아 49일이 뭐야, 3년이고 4년이고 구천을 떠돌 것 같은데요."

"선하게 살아서 그렇습니다. 선한 자가 죽으면 하늘이 가엾게 여겨 미련을 덜어 간답니다. 다음 생으로 나아갈 발걸음이 홀가분해야 하지 않겠습니까?"

스님의 목소리가 누군가를 위로하는 포옹처럼 공기 중에 따뜻하게 퍼져나갔다. 듣는 것만으로도 마음에 숨겨놓은 어떤 응어리가 녹는 기분이었다.

그래서 첫 번째 손님은 미련 없이 다음 생을 부여받았겠구나. 그리 생각하니 슬프지 않았다.

스님은 더는 설명해줄 것이 없다는 듯 물건들을 살피고는, 품에서 작은 봉투 하나를 꺼내 내밀었다. 물건들 값을 크게 상회하는 금액이 들어 있었다.

"이 돈이 다 무엇입니까?"

"돈으로 바꾸기 위해 찾아오신 것 아닙니까? 오래전부터 있었던 과정입니다."

"할머니에게 그 어떤 설명도 듣질 못했어요. 사실 할머니가 돌아가셨거든요."

스님은 그것 또한 알고 있다는 얼굴로, 조용히 합장을 한 뒤 허리를 숙였다. 내가 아닌, 돌아가신 할머니를 위한 인사였다. 이령은 할머니와 관련된 진중한 이야기가 오가리란 걸 눈치채고 두어 걸음 뒤로 물러나 법당을 둘러보기 시작했다. 대화를 엿듣지 않겠다는 행동이었다.

"화월당은 아주 오래전, 이곳에 터를 잡고 사시던 큰스님이 당신의 조상에게 영업을 부탁한 곳입니다. 큰스님이 중병에 걸려 망자를 배웅하기 어려워졌는데, 뒤를 이을 능력을 가진 스님이 나타나지 않았죠. 그래서 대대로 신력이 있는 당신 집안이 우리의 일을 대신해줬습니다. 그 대가로 우리가 돈을 지불하는 것이고요."

스님은 농구공만 챙긴 뒤 수국 원피스는 돌려주었다.

"이 물건은 아직 쓰임새가 남았으니 챙겨 가시지요."

"주인이 더는 오지 못하는……."

스님은 내 말을 듣고도 내민 원피스를 거두지 않았다. 쓰임새가 있다니, 내가 입을 일은 없는데……. 일단은 스님의 뜻에 따라 원피스를 다시 받았다. 아직 뭔가가 끝나지 않은 것일까.

우리는 좌상불을 향해 조용히 합장을 남겼다. 새롭게 알게 된 정보가 있고, 대금도 지급받았다. 눈치껏 떠날 일만 남았다.

그때 스님이 물었다.

"사월이를 만나셨지요?"

스님의 얼굴 안에 감히 내가 헤아리지 못할 수많은 감정이 담겨 있었다.

"선한 아이이니 잘 부탁합니다."

사찰에서 내려오는 길에 식사를 하고자 이령이 점찍어뒀던 산채 비빔밥집으로 들어갔다. 네이버 지도에도 등록되지 않은 식당이었다. 사찰 근처 가게들이 으레 그러하듯 산의 정취를 흠뻑 머금은 메뉴들이 많았다.

이령이 메뉴판을 둘러보며 물었다.

"도토리묵이랑 파전 먹을까?"

"완전 술안주네. 막걸리도 땡긴다야."

"한 병 시켜버려?"

"안 돼. 밤에 가게 열어야 돼."

주인 아주머니가 친근한 말투로 다가왔다. 메뉴를 받아 적지 않는 모습에 여유가 넘쳤다.

"홍석사 다녀오는 길?"

"맞아요."

"젊은 사람들이 방문했으니 부처님이 좋아하셨겠어."

아주머니는 갈수록 방문객이 줄어 부처님도 근심이 많았을 거라며 농담을 던졌다. 물수건을 건네주고는 주방으로 들어가는 뒷모습이 오래 알고 지낸 이웃처럼 푸근했다. 테이블 옆의 창문을 활짝 열자, 한적한 정취가 식탁 위에 가득 내려앉았다.

"아까 스님이 말한 사십구재 얘기는 다 뭐야?"

이령이 호기심 반 추궁 반으로 물어 왔다. 쌜룩거리는 눈썹에 재미있는 얘기를 듣고 싶다는 열의가 가득했다. 나는 괜히 물수건만 만지작거리며 둘러댔다.

"그냥 스님이 사찰에 어울리는 얘기를 해주신 거지."

"뭔가 있는 것 같았는데. 너 요즘 망자라도 보는 거 아니야?"

물을 마시려다 얼른 내려놓고 창밖으로 고개를 돌렸다.

"말도 안 되는 소리."

"망자들이랑 이야기하고, 그 물건들도 사실 망자들 거고, 뭐 그런 거 아니야?"

"괴담 생산 그만!"

"스님이 말한 사월이라는 사람도 알고 보면 무당이고. 흐흐흐, 그러면 웃기겠다!"

지금은 망자보다 눈앞의 산 자 이령이 훨씬 더 무서웠다. 나는 물 한 컵을 다급히 삼키며 대꾸했다.

"사월 씨는 그냥 가게 도와주는 지인이야."

"그럼 스님은 어떻게 알아?"

"몰라. 더 묻지 마. 하나도 안 중요하니깐."

"꼭 중요한 걸 감춘 얼굴을 하고서는."

"이령 씨, 추리는 넷플릭스 볼 때나 하세요."

이령은 상상에 기반한 농담일 뿐이었다며 호쾌하게 웃었다. 나는 이령을 따라 웃으면서도 등허리가 시큰했다. 눈치 하나는 기가 막힌 친구였다.

화월당이 망자를 맞이하는 가게라는 사실을 이령에게 말한다고 해서 무언가 크게 달라지는 건 아닐 테지만…… 그렇다고 쉽게 털어놓을 이야기도 아니었다. 더군다나 사월이 경고하지 않았던가. 함부로 발설하고 다니면 동티가 날 것이라고. 제삼자에겐 아무래도 말하지 않는 게 좋을 듯했다. 망자들도 자기 삶이 가십거리가 되는 건 원치 않을 것이다.

"아무튼 연화 너 그 사람이랑 친하게 지내면 좋겠네."

"누구랑?"

"그 사월이라는 사람."

"그 사람은 왜?"

"선한 아이라고 하셨잖아."

이령은 밑반찬으로 나온 콩자반을 천천히 꼭꼭 씹었다. 나도 그녀를 따라 어금니 사이에 콩을 넣고 굴렸지만, 머릿속이 복잡해 맛을 느낄 수가 없었다.

스님은 사월을 어떻게 아시는 걸까? 둘은 무슨 사이일까? 스님의 말에 따르면, 할머니보다 훨씬 이전의 조상들부터 홍석사 큰스님의 부탁으로 화월당에서 망자들을 배웅해왔다. 망자가 놓고 간 물품으로 배웅을 증명했으며 대금을 수취했다. 어쩐지, 험한 경제난 속에서도 화월당이 망하지 않는 게 신기했는데 이런 비밀이 있었구나…….

그렇다면 할머니 또한 홍석사를 아셨을 테고, 스님과도 소통했겠지? 사월과 우리 할머니 사이도 홍석사가 인연이 된 걸까?

나와 연관된 존재들을 생각하며 이번에는 콩나물무침을 입 안에 넣었다. 밑반찬임에도 정성이 들어간 맛이었다. 콩나물 본연의 담백함이 적당한 짠맛과 조화를 이루었다. 식사 전 식욕을 끌어 올리기에 제격이었다.

"자, 특별히 많이 담았어."

아주머니가 큰 목소리로 말하며 풍성한 상차림을 가져오셨다. 테이블 중앙에 반질반질 윤이 나는 도토리묵 접시가 놓였다. 엄마 아빠도 도토리묵을 참 좋아했는데. 오이와 새콤하게 버무려진 도토리묵을 보며 두 분을 떠올렸다. 지금쯤 두 분도 사람으로 다시 태어났을까. 나를 잊지 않았을까. 나는 이령 몰래 아랫입술을 깨물었다.

그리움이란 주말 낮의 점심 식사 같은 것. 수없이 반복됨에도 늘 각별했다. 그때 이령이 막걸리병을 가리켰다.

"사장님, 저희 막걸리는 안 시켰는데요?"

"서비스."

"아이구! 감사해요."

"자주 놀러 와."

이령이 기뻐하며 양은 잔에 막걸리를 채웠다. 나는 분명 음주는 하지 않겠노라 다짐했음에도 불구하고 그녀에게서 잔을 받았다.

울지 않고 싶을 뿐이야. 그렇게 생각하며.

"대낮부터 짠!"

"짠!"

부딪는 잔에 많은 사람을 떠올리며 막걸리 한 모금을 들이 켰다. 달고 농후한 발효주의 향이 부드럽게 목을 적셨다. 기분 좋은 취기가 올랐다. 가장자리가 과자처럼 바삭한 파전은 씹을 때마다 기름의 고소함과 파의 향긋함이 함께 올라와 일품이었다. 이윽고 도토리묵 두 점을 입안에 넣었다. 겉면이 촉촉하고 매끈하며 탄력이 있었다. 쌉싸래한 맛이 고춧가루, 식초, 설탕 양념과 잘 어울렸다. 언제 먹어도 이 맛은 오래전 어느 초여름 날을 생각나게 했다. 엄마, 아빠, 할머니와 거실에서 식사하며 두런두런 이야기를 나눴던 그날을.

"연화야, 너 벌써 얼굴 빨개졌어."

"취해서 그래."

"황정민 술톤!"

"맞아."

연거푸 잔을 부딪쳤다. 슬픔도 기쁨처럼 삶의 일부라면 피할 수 없겠지. 흐르려는 눈물까지 꼭꼭 씹어 삼켜내는 것이 어른의 삶, 앞으로 내가 견뎌야 할 시간이었다.

그래도 혼자가 아님에 감사했다.

대낮부터 우리는 하늘에 없는 붉음으로 얼굴을 물들였다. 막걸리 냄새를 풀풀 풍기며 가게에서 나왔고, 나온 후에도 취기와 흥이 가시지 않아 어깨동무를 한 채로 몸을 까딱거렸다. 아주머니는 젊은이들의 주정을 보고도 눈을 찌푸리지 않으셨다.

"회사 안 가고 술 마시니까 좋다. 주말 최고!"

이령은 간만에 대낮 음주로 일탈하는 자신이 마음에 든 모양인지 호방히 소리쳤다. 2차로 노래방에 가고, 3차로는 아이스크림을 먹자는 그 목소리에 단체 등산을 외치는 부장님의 것처럼 힘이 잔뜩 들어가 있었다.

"안 돼. 난 화월당 가야 해."

"왜애애애. 오늘 문 닫어."

"그건 안 돼."

"아쉬운데……."

"다음에 또 만나면 되지."

이령은 나의 거절에 무척 아쉬워하면서도, 더 몰아세우지는 않았다.

"그럼 확실히 만난다는 약속은 해. 밥 한번 먹자 같은 거 말고."

그녀가 히죽이는 얼굴로 팔짱을 끼며 휴대폰을 꺼냈다. 과거에 이령과 말로만 약속을 하고서 귀찮다는 이유로 나가지 않은 적이 있어 이러는 것이다.

"그래. 다음엔 뭐 하고 놀까?"

"너 전시 보는 거 좋아했잖아. 당장 예매해버릴 거야."

아직 화월당 운영에 능숙하지 못해서 시간 내기가 힘든 상황이었지만, 그 바람에 친구에게 소홀해진 것이 미안했다.

나는 그녀를 향해 새끼손가락을 들었다.

"좋아. 다음 주에 보러 가자."

이령이 기뻐하며 새끼손가락을 걸었다. 그러고는 우리가 자주 갔던 현대 미술관의 기획 전시 2인 예매를 마쳤다. 나를 혼자 남겨두지 않는 사람에게 나 또한 도리를 다하고 싶었다.

"전시 보고 야외 벤치에서 도시락도 먹자."

"너무 좋아."

밝게 웃는 친구를 보며 망자들이 내게 보여줬던 마지막 미소를 떠올렸다. 사람이란 이토록 작은 약속에도 행복해지는 존재였다. 그러니 누군가에게 마지막 배웅을 하는 일도, 친구와의 약속을 지키는 일도, 어느 것 하나 대충 하고 싶지 않았다.

잘하고 싶었다. 누군가가 내 말과 행동으로 기뻐질 수 있다면, 기꺼이 해내고 싶었다. 왠지 그 일을 해내면, 내가 없는 세상에서 살고 있을 엄마와 아빠, 할머니가 나를 조금이라도 생각해줄 것만 같았다. 우리 연화 기특하네, 하면서.

4장

세 번째 손님 이야기

녹차 당고

며칠간 사월도 망자도 오지 않았다. 문을 닫고 있기엔 내부가 덥다는 핑계로 유리문을 활짝 열어놓은 채 어둑한 하늘만 바라보기를 십수 번. 어쩌면 오지 않는 게 당연한, 완전한 타인을 멋대로 생각했다.

　사월은 비밀이라는 말을 쓰지 않으면서 비밀을 만들었다. 만나는 사람이 있느냐는 간단한 물음에도 대답하지 않았으니까. 사실 그건 그냥 물어본 말이지 내 쪽에서도 어떠한 의도가 있었던 건 아니었다. 서희와 매현의 이야기를 듣고 사월에게도 그런 대상이 있는지 충동적으로 궁금했을 뿐이다. 하지만 그가 대답을 회피했기에 지금 나는 멋대로 답을 상상해야만 했다.

　그것 말고도 사월이 답을 유보한 질문은 꽤 많았다. 화월당과 할머니에 대해서 그는 내게 다 설명하지 않았다. 구태여 공백을 만들려는 그 태도만큼은 할머니와 비슷했다.

서운한 마음이 들었다.

그때 유리문을 넘어오는 발끝이 보였다. 혹시 사월이 온 것일까. 나는 퍼뜩 고개를 들었다.

"여기 당고도 파나요?"

기다렸던 사월이 아니었다. 나는 실망감을 애써 감추었다.

"만들어둔 건 없어서 새로 만들어야 해요."

"기다릴 수 있어요."

손목시계를 살피며 여유로이 입장한 손님은 20대 후반으로 보이는 여자였다. 발끝에 그림자가 붙어 있지 않은 망자였다.

"가게 인테리어가 앤티크하고 좋네요."

"감사해요. 예전 주인이셨던 저희 할머니가 꾸미셨어요."

"감각이 좋으셨네요."

"할머니가 들었다면 기뻐하셨겠어요."

여자는 내가 혼자 엄숙한 감정에 휩싸이지 않도록 밝게 반응했다. 말하지 않아도 가게의 예전 주인이 더 이상 찾아오지 못한다는 걸 아는 눈치였다.

시원시원한 입과 긴 눈매, 앞머리 없이 내추럴하게 기른 갈색 머리, 목에 걸려 있는 은빛 하트 펜던트 목걸이, 심플해 보이지만 핏에 신경을 쓴 옷차림. 세련된 느낌이 물씬 풍겼다. 대학가에서 볼 법한 생기 넘치는 스타일이었다. 망자에게서 느껴지는 활력이라니, 이질적이었다.

레시피 책자를 펼쳐 메뉴를 살폈다. 예전에 집에서 간식으로 당고를 먹은 기억이 있었다. 역시나 당고 레시피가 있었고, 손이 많이 가는 음식은 아니었다. 이 일도 몇 번 해보니 금방 감이 잡혔다.

"간장 맛 말고 녹차 맛도 가능한가요?"

"말차 가루가 있어요."

"좋네요. 그걸로 부탁해요."

"몇 개를 드릴까요?"

"몇 개가 좋으려나."

여자가 쾌활한 표정으로 손가락을 까딱거리며 수를 헤아렸다. 눈꼬리와 마찬가지로 기다랗게 뻗은 다섯 손가락 끝에 베이지색 매니큐어가 칠해져 있었다. 가장자리까지 깔끔히 채워진 색과 거스러미 하나 없는 손. 잘 다듬어진 손톱의 곡률과 깨끗한 손등. 아름답다는 인상이 들었다.

"구경만 하고 계시네요."

여자는 이렇게 말하며 손을 내밀었다.

"아, 죄송해요. 잠시 한눈을 팔았어요. 아직 손님을 대하는 게 미숙해서⋯⋯."

"괜찮아요. 우린 다 어리니까요."

당신에게는 어떤 일이 있었고, 또 어떤 삶이 있었을까. 나는 그녀의 손을 조심스럽게 잡고서 또 한 세계를 알아가는 일에 긴장을 느꼈다.

"제 이름은 김정민이었고요, 스물여덟이었어요."

"네, 정민 씨. 그럼 잠시 기억을 빌릴게요."

"얼마든지요."

정민은 이상하리만치 속전속결이었다. 기억을 보여주는 일에도 머뭇거림 없이 능숙했다. 스몰 토크 없이 곧바로 시작되는 생의 공유. 나는 이번에도 조용히 눈을 감았다.

❀

"바쁘다, 바빠!"

주말 오전부터 정민과 수민은 12평짜리 투룸 집 거실 바닥에다 미술 도구들을 늘어놓고 분주히 짐을 쌌다.

"수민아, 7호 붓은 세척이 안 되어 있는데?"

"깜빡했어. 대신 6호를 더 챙길게."

둘은 같은 미대를 졸업한 동기이자 룸메이트로, 인근 공원에서 어린이들을 상대로 미술 강습 프로그램을 진행할 예정이었다. 정민이 지원서를 잘 쓴 덕에 따낸 행사로, 구청에서 두 사람에게 20만 원씩을 지급하는 건이었다.

정민은 자꾸만 실수를 저지르는 수민이 못내 답답했다. 찬물을 한 컵 마시고 심호흡을 두 번 더 하며 인내했다.

"수민아. 우리 천천히, 꼼꼼히 챙겨보자."

"어? 어어, 그래그래. 또 뭐 넣어야 하더라?"

"천천히 챙기자니깐."

"그, 뭐더라? 맞다, 물통!"

수민이 미술용 물통을 챙기려다 실수로 6호 붓 한 자루를 밟았고, 바로 부서졌다. 정민은 입술을 꾹 깨물고 가슴속으로 참을 인 자를 그렸다.

김수민과 김정민. 가운데 한 글자로 겨우 구분되는 둘은 스무 살 때부터 단짝이었다. 어쩌면 둘의 삶은, 진실로 이름 한 글자로만 겨우 구분이 가능할지도 몰랐다. 공통점이 많았기 때문이다.

둘 모두 취업이 안 된다는 회화과에 부모 지원 없이 입학했고, 적당히 외향적이지만 알고 보면 내향인이었으며, 가장 좋아하는 음식은 치킨이고, 심지어는 키도 똑같이 163센티였다.

다만 작품에 있어서는 차이가 있었다. 수민은 손그림에 능했고, 정민은 디지털 작업에 능했다. 같은 회화과지만 장기를 살려 각자만의 방법을 고수했다. 그래서 한집에서 함께 그림을 그리면서도, 서로를 경쟁 상대로 여기기보다 자신이 하지 못하는 일을 해내는 동료로 인식했다.

"수민아, 다 챙겼어? 천천히 다시 점검해봐."

"붓이랑, 애들 스케치북이랑, 물감이랑, 티슈랑……. 다 챙긴 것 같아!"

"확실해?"

"아마도?"

"아마도라고 하지 말고 한 번 더 봐."

정민은 꼼꼼하고 야무졌으나 잔걱정이 많았다. 반면 수민은 덜렁대고 대책이 없는 대신 늘 쾌활했다. 그래서 둘은 졸업 후부터 스물여덟이 된 지금까지 같이 살며 서로의 단점을 잘 보완했다.

오늘 같은 오프라인 행사에서는 손그림을 잘 그리는 수민의 활약이 중요했기에, 정민은 수민이 실수를 하지 않게끔 잘 타일렀다.

"다 챙겼어. 이번에는 확실해!"

수민이 활짝 웃으며 엄지를 치켜들었다. 그 모습을 봐도 정민은 도통 안심이 되질 않았지만 시간을 지체할 수 없어 나갈 채비를 했다.

둘은 마트에서 원 플러스 원 상품으로 구입한 흰색 스니커즈에 서둘러 발을 구겨 넣었다. 이번 행사만 잘 끝내면 구청에서 다음 행사도 맡길 가능성이 컸다. 엘리베이터를 타고 내려가는 동안, 정민은 휴대폰을 보며 계산했다.

"이번 달에 가스비랑 전기세 내고, 식비 빼면……."

"정민아, 오늘 치킨 시켜 먹을까?"

"보험비 내고, 보일러 수리비랑……."

"양념이랑 후라이드 반반으로."

"안 되겠어."

정민이 셈을 끝낸 뒤 아쉬운 표정으로 응수했다.

"이번 달 지출 비용이 월세 빼고도 최소 30만 원이야."

수민이 뭉크의 〈절규〉처럼 얼굴을 길게 늘어뜨리며 괴로워했다.

"안 돼! 내 치킨."

둘이 벌어도 생활은 늘 빠듯했다.

"우리 그냥 미친 척하고 이번 달 월세 내지 말까?"

"치킨 먹으려고 월세를 안 내는 게 말이 되니?"

"아니면 전기세 한 번 안 내는 건 어때?"

"너 진짜 대책 없다."

"열심히 일한 자, 먹어라! 근데 왜 난 먹질 못해."

수민이 가계를 책임지는 정민을 살살 꼬드겼다. 하지만 대쪽 같은 정민은 절대 흔들리지 않고 즉시 가계부 어플을 보여주었다. 깔끔하게 정리된 금액의 총합은 이번 달에도 마이너스였다. 수민은 엘리베이터에서 내리는 순간까지도 시무룩한 얼굴을 좀처럼 풀지 못했다.

정민이 말했다.

"대신에 우리의 연말은 근사할 거야. 이런 노력 덕에."

"기대 하나도 안 되네요."

"전시 시작하면 좋아서 날아다닐 거면서."

"그건 그래."

두 여자가 굳이 허리띠를 졸라매며 생활하는 데는 이유가 있었다.

졸업 후 경제적인 어려움 때문에 개인전을 열지 못했던 둘은 올해만큼은 그냥 보내지 않으리라 다짐했다. 12월, 갤러리를 대관해 합동 전시회를 열기로 했다. 이왕 하는 전시, 근사하게 펼쳐보자는 마음이 통했고 이에 필요한 비용을 가늠했다. 대관과 작품 운송 및 물품 비용으로 갖가지 지출이 산정되었다. 모으려면 힘들겠지만 아주 못 모을 정도는 아닌, 적당히 절망적인 금액이 도출되었다. 둘은 일심동체로 허리띠를 꽉꽉 동여매 자금을 마련하기로 했다.

"수민아, 너무 서운해하지 마. 조금이라도 시간이 있을 때 열심히……."

"또 그 소리 한다. 네가 뒤에 무슨 말 할지 다 알아."

"무슨 말 할 것 같은데?"

"그야……."

둘은 텔레파시라도 통한 듯이 동시에 외쳤다.

"시간은 금이다! 아껴서 일하자!"

합이 잘 맞는 서로를 곁에 두고 있기에 둘은 팍팍한 환경 속에서도 잘 버텨갔다.

날씨 또한 그들을 응원했다. 곁을 따뜻하게 데워주는 햇살과 담벼락 너머의 싱그러운 풀들. 나란히 걸으면 좁은 인도는 금방 여유 없이 꽉 차버렸지만, 마음은 들판처럼 쾌청하기만 했다. 도시의 적당한 소음 속에서 둘은 바리바리 싼 미술 도구를 들고 발걸음을 내디뎠다.

한집에 살면서 매일 대화를 함에도 할 말이 많았다. 어제 먹었던 밥, 길거리에서 본 강아지, 졸업한 선배의 근황. 떠들고 또 떠들어도 대화는 좀처럼 고갈되지 않았다. 그래서 둘은 서로가 지루하지 않았다. 다른 친구가 딱히 없다 해도 외로움은 그들 사이를 비집고 들어가지 못했다.

"오늘 애들 많겠지?"

"서른 명쯤 온댔어."

"죽었다고 생각해야겠군."

공원에 마련된 대형 천막 아래에 어린아이들이 삼삼오오 모여 있었다. 병아리들 틈으로 수민과 정민이 등장했다. 정민이 노련하게 아이들의 주의를 끌어 행사를 소개했으며, 수민 또한 지체 없이 테이블 위에 도구 세팅을 마쳤다.

합이 잘 맞는 두 미술 선생님의 지시 덕에 아이들은 금방 그림에 몰입했다. 어떤 아이는 눈앞에 보이지도 않는 단풍나무를, 어떤 아이는 엄마라고 하기엔 우스꽝스러운 어른을, 또 어떤 아이는 지나가는 고양이를 그렸다.

"선생님, 얘가 물 쏟았어요."

"치워줄게."

수민은 한쪽에서 아이들이 서로의 그림에 방해가 되지 않게 끔 쓸고, 닦고, 치우면서 가르쳤다.

"선생님! 태양은 어떻게 그려요?"

"태양은 노란 동그라미로……."

"왜 태양이 동그라미예요? 눈이 부셔서 안 보이는데."

정민 또한 다른 쪽에서 치우면서 아이들을 가르쳤다. 선생님, 이건 뭐예요? 얘가 그린 건 뭐예요? 온갖 질문들이 쏟아졌다. 둘은 혼이 나갈 것 같았지만 어깨에 힘을 주고 집중을 흐트리지 않았다.

40분이 넘어가자 아이들의 그림이 하나둘 완성되었고, 보호자들도 천막으로 모여들어 귀가를 준비했다. 수민과 정민은 그림을 완성한 아이들에게 다가가 칭찬의 박수를 아끼지 않았다. 즐거워하는 아이들이 강아지처럼 귀여웠다. 그들 중 대다수는 곧 부모의 손을 잡고 귀가했다.

그런데 자리에 남아 있는 여자아이가 있었다. 수민이 물었다.

"친구는 왜 안 가? 아직 완성 못 했어?"

"아뇨."

"잘 그렸네! 할머니랑 친구 모습이야?"

"네. 우리 가족."

정민이 다가가자, 수민은 귓속말로 아이 할머니가 데리러 오지 않으신 것 같다고 했다. 빨리 아이를 내보내야 테이블 정리가 가능했지만, 정민은 아이를 내쫓지 않았다. 수민은 아이가 소외감을 느끼지 않게끔 계속 말을 걸었다.

"할머니랑 친구 사이에 그리다 만 이 덩어리는 뭐야?"

"키우는 고양이요."

"아이고, 미안. 선생님이 고양이 잘 그리는 법 알려줄게."

수민이 아이의 그림 옆에다 고양이 얼굴을 그려주었다. 아이가 곧장 따라 그렸다. 아이는 자신의 손으로 이전보다 훨씬 나아진 고양이를 완성한 일에 몹시 기뻐했다. 수민은 그런 아이의 뒤통수를 쓰다듬었다.

"그림은 그릴수록 늘어. 노력에 보상해주는 종목이거든. 그러니까 그리고 싶은 게 있으면 어려워도 포기하지 마."

"네!"

아이가 활짝 웃었으나 수민은 내심 씁쓸했다. 노력에 보상해주는 종목. 사실 수민과 정민은 미술이 얼마나 노력을 쉽게 배신하는지 뼈저리게 알았다. 스물여덟 살이 되고도, 실력이 부족하지 않음에도, 주말 일거리 하나에 목을 매는 자신들의 처지를 생각하면, '그림의 배신'이라는 말밖에 떠오르지 않았다.

얼마 지나지 않아 아이의 할머니가 등장했다.

"선생님들 죄송합니다. 제가 장을 보고 오느라."

할머니는 자신의 손녀만 남아 있는 광경을 보고는, 젊은 사람들의 발목을 잡았다며 몹시 미안해했다.

"늦어서 미안해요. 이거라도."

"아니에요. 괜찮아요."

"이거 얼마 안 하는 거야. 집에 가져가서 먹어요."

노인이 내민 것은 시장 통닭이었다. 수민은 망설이는 척을 하다 덥석 받아 들었다. 할머니는 손녀를 끝까지 챙겨준 것을 고마워하며 집으로 돌아갔다. 아이는 마지막 순간까지도 행복해 보였다.

둘은 뒤늦게 정리를 시작했다. 물티슈로 물감 얼룩을 닦고 쓰레기를 주웠다. 통닭 냄새가 분주한 둘을 유혹하며 콧망울 언저리에 달라붙었다. 허기를 느낀 수민은 군침으로 입안이 촉촉해짐을 느끼며 당장 먹고 싶은 마음을 꾹 참았다. 다행히 손이 빨라 청소는 금방 끝났다.

"수민아, 아까 그 여자애는 뭘 그렸어?"

"가족."

"단골 그림 소재네. 아이들한테는."

"누구에게나 그렇지."

둘은 기분 좋은 성취감을 느끼며 분주히 공원을 벗어났다.

✿

수민은 공짜로 생긴 통닭 한 마리에 흥분을 감추지 못했다.

"오늘은 운명이 허락한 파티 날인가 봐. 이런 날에 후식까지 갖춰 먹지 않으면 벌을 받을 거야."

"대신에 저렴한 걸로."

"그렇다면 순영 떡집밖에 선택지가 없겠고만!"

바리바리 싸 든 짐이 무거웠으나 발걸음은 평소보다 가벼웠다. 행사를 끝내니 완연한 오후라 배낭을 멘 등에서 땀이 물줄기가 되어 흘렀다. 그래도 불쾌하지 않았다. 둘은 집을 나설 때 했던 이야기와 똑같은 이야기를 나누면서도 지루한 줄을 몰랐다.

순영 떡집은 자취방 앞에 있는 유일한 디저트 가게였다. 또래들이 좋아하는 서양식 디저트에 비하면 떡은 다소 투박한 음식이었으나 저렴하고 종류도 다양했다. 순영이 엄마가 운영해서 순영 떡집. 주인의 단순한 마인드만큼이나 떡들도 깔끔해서 주민들에게 인기가 좋았다. 그중에서도 둘의 애호 메뉴는 '당고'였다.

"수민아, 이것 봐. 새로운 당고가 나왔어."

"녹차 당고네? 한 팩에 3천 원이면 비싸지도 않으니 오늘은 이걸로 먹자."

정민은 수민의 제안에 따라 녹차 당고 팩을 집어 들었다. 늘 먹던 간장 당고는 한 팩에 2천 원이었다. 고작 천 원 차이였다.

그때 정민의 휴대폰에 메시지 한 통이 도착했다.

대관료 추가 입금 안내.
안녕하세요. 골드 갤러리입니다. 일전에 예약하신 대관료에 차액이 발생하여 입금을 요청드립니다. 연말은 성수기 시즌으로 할증 요금이 가산되나 누락된 채로 비수기 시즌 가격으로 입금이 확인됐습니다. 예약이 취소될 수도 있으니…….

갑작스러운 대관 요금 독촉 문자에 정민이 휴대폰으로 전자 계약서를 살폈으나 안타깝게도 메시지 내용이 맞았다. 비수기 요금과 성수기 요금이 분리되어 있었고, 둘이 예약한 기간은 연말 성수기에 해당했다. 꼼꼼한 정민도 가끔은 실수를 하는지라 비수기 요금으로 입금했고, 그 차액이 40만 원. 딱 오늘 둘이 힘을 합쳐 번 돈이었다.

"왜? 어디서 온 메시진데?"

"갤러리 대관료 입금액이 부족하대."

"얼마나?"

"40만 원."

"뭐? 기껏 오늘 같이 번 돈 다 날리게 생겼네……."

"어쩔 수 없지. 지금 입금할게."

"그냥 골드 갤러리 포기할까? 서울 외곽에 조그마한 공간 빌려도 되는데."

골드 갤러리는 유동 인구가 많은 지역에 위치해 있어 주로 젊은 관람객들이 찾아와 이후 파생 효과가 컸다. 유수한 에이전시가 신진 작가를 발굴하기 위해 방문한다는 소문도 파다했다. 둘은 벌써 20대 후반이고, 여전히 무명이었다. 인생의 터닝 포인트가 있어야 한다고 바란 지 오래였다. 큰마음 먹고 의기투합하여 골드 갤러리를 예약한 것도, 어쩌면 마지막 도전이라는 사명감이 걸려 있어서였다.

한편으로는 무리를 하고 있다는 회의감이 들기도 했다. 인기 없는 록 밴드가 콘서트를 고척 돔에서 여는 것과 다름없었다. 전시회를 그곳에서 열면 명예야 생기겠지만, 사람들이 많이 올 거란 보장은 없었다. 유명 작가들이나 대관하는 공간을 괜한 욕심으로 덜컥 예약한 건 아닐까. 정민과 수민에게는 무명 작가라면 어쩔 수 없이 품고 있는 불안이 있었다.

"하고 후회하는 게 안 하고 후회하는 것보다 좋아. 뭐든 간에."

그래도 정민은 불안에 굴하지 않기로 했다.

"녹차 당고는 다음에 먹자."

"아쉽네."

어쩔 수 없이 3천 원짜리 사치는 다음번으로 미뤄졌다. 마음 같아서는 간장 당고도 포기하고 싶었지만, 오늘엔 오늘 치의 행복도 있어야 하는 법. 정민과 수민은 늘 먹던 사소한 기쁨에 만족하기로 했다. 그녀들의 장기는 절약뿐 아니라 타협이기도 했다.

집으로 돌아와 둘은 각자 샤워를 마친 후 2인용 테이블을 펼치고 할머니가 주신 통닭을 세팅했다. 적당히 식어 단숨에 먹기에 좋았다. 정민은 함께 딸려 온 새콤한 무를 와삭와삭 씹으며 내일을 계획하기 바빴다.

"월요일은 학원 강습 뛰고 집에 와서 외주할 건데, 채색 좀 도와줄래?"

"알겠어. 태블릿 오랜만에 잡겠네."

"요즘은 디지털 수요가 많으니까 수민이 너도 태블릿 잡는 습관을 들여."

"난 아무래도 어색하단 말이지."

"돈 벌려면 친해져야 돼."

"참 돈은 하기 싫은 일까지 하게 해. 엄마보다 더하다니까."

수민은 예고된 월요일 노동에 벌써부터 두통을 느꼈다. 남들보다 머리 아픈 건 잘 살고 있다는 증거라지만, 역시 스트레스를 자각하는 일은 유쾌하지 못했다.

"너무 급하게 먹었나?"

머리를 벅벅 긁던 수민이 닭다리를 집어 들다 말고 주먹으로 가슴을 쳐댔다.

"속이 안 좋아······."

"또 체했어?"

헛구역질을 하던 수민이 끝내 닭다리를 먹지 못하고 변기를 잡고야 말았다. 정민은 다급히 상을 물리곤, 걱정스러운 마음으로 소화제를 챙겼다. 집 나간 주인을 기다리는 강아지처럼 닫힌 화장실 문 앞에서 수민이 나오기만을 기다렸다.

요즘 들어 수민은 구토를 자주 했다. 주로 불편한 이야기를 할 때 증세가 심해졌다. 또한 좋아하지도, 자신 있어 하지도 않는 디지털 일러스트 외주 일을 진행할 때면 늦은 새벽까지 불면에 시달렸다. 정민은 자신의 돈 욕심이 수민을 괴롭히나 싶어 몹시 미안했다.

일 생각, 돈 생각, 미래 생각. 하필이면 수민에게 불편한 것들은 지나치게 명쾌했고, 회피가 불가능한 문제들이었다. 그래서 정민은 밥을 먹을 때만이라도 수민이 부담스러워하는 주제는 꺼내지 않으려 했지만, 오늘처럼 자신도 모르게 꺼낸 날이 제법 잦았다.

'나 때문에 그래……'

정민은 마음에 여유가 없는 스스로가 부끄러웠다. 돈 생각은 머릿속으로만 할걸 하는 반성이 수십, 수백 문장으로 반복되었다. 유일한 친구이자 가장 아끼는 존재인 수민에게 자꾸만 스트레스를 주고 있다는 사실은 정민에게도 스트레스였다.

"우으……"

구토를 마친 수민이 간단히 입을 헹구고 화장실에서 나왔다. 정민이 서둘러 약을 내밀며 걱정했다.

"수민아, 너 건강검진 한번 받아보는 거 어때?"

"에이, 돈 아깝게."

"자꾸 토하잖아. 혹시라도 문제 생겼으면 어떡해?"

"속이 자주 쓰린 것 같긴 해."

"거봐. 빨리 검사받아야 해. 우리가 아무리 돈이 없어도 돈 아낀다고 병 키우는 건 바보 같은 짓이야."

정민은 휴대폰으로 인근 병원의 건강검진 비용을 검색했다. 기본 검진에 위내시경을 추가하면 최소한 10만 원은 들었다. 화면을 같이 들여다보던 수민이 말했다.

"너무 비싼데."

"10만 원이면 못 낼 돈은 아니야."

"아니지, 20만 원이지."

"왜?"

"너도 받아야 하니까. 같이 모은 돈인데 나만 받기는 좀 그래."

"나는 소화 잘되는데?"

정민이 당고 팩을 열어 호기롭게 한 꼬치를 집어 들고는 당고 알들을 꿀떡꿀떡 삼켰다. 첫맛은 달짝지근하고 끝맛은 짭쪼름해서 언제 먹어도 후식으로 제격이었다.

"이거 봐. 난 너랑 달리 잘 먹는다구."

"갑자기 혼자 먹는 게 어딨어? 남은 두 개는 남겨놔."

"싫어. 너는 먹지 마."

"왜!"

"건강검진 하기 전까지 디저트 압수야."

수민과 정민은 진지했던 대화를 잊기라도 한 듯 작은 당고를 가지고 티격태격하며 장난을 쳤다. 합이 좋은 자매처럼 둘은 일상에 자주 침투하는 불행들을 치열히 견뎌냈다. 두 여자는 외동이었고, 형편이 어려운 부모와는 잘 교류하지 않았다. 그래서 정말로 서로를 가족처럼 여겼다. 피가 섞이지 않아도 자기보다 더 걱정이 될 수밖에 없는 사람.

그래서 반드시 함께 잘되고 싶은 사람.

"건강검진 예약할 테니까 바로 다녀와. 일러스트 외주는 내가 따로 어시스트 구해볼게."

"알겠어. 검사받을게."

네가 아프지 말았으면. 괴롭지도 않았으면. 둘은 늘 자기 자신만큼, 혹은 자기 자신보다 더 상대를 생각했다. 마음이 가난하지 않은 자들은 결코 가난으로 외로워지지 않았다.

🌸

수민의 병명은 위용종이었다. 고작 용종 정도면 괜찮지 않으려나 싶었으나 뜻밖에도 심각한 상태라 의사는 입원 및 수술 예약을 권유했다.

수민이 부모님 집에 허겁지겁 전화를 걸어 자신의 명의로 된 실비 보험에 대해 물었지만, 부모는 1년 전에 해약했음을 전했다. 그들의 형편도 좋지 않았기 때문이다. 수민 자신도 젊음을 과신한 나머지 따로 든 보험이 없었기에 꼼짝없이 치료비 전부를 지출해야 했다.

"치료 미룰까? 나 그냥 속이 가끔 안 좋을 뿐이고 수술까지는 안 해도 될 것 같은데……."

수민은 돈 문제로 치료를 미루고 싶어 했다. 하지만 정민은 그녀가 즉시 치료받길 고집했다. 두 여자는 지독히도 자신이 아닌 상대를 더 생각했다.

"수민아, 너 수술할 때까지 당분간 쉬어."

"그럼 일은?"

"내가 하면 돼."

"괜찮겠어? 너 이미 일이 많……."

"*끄*떡없어."

그 후 수민이 쉬게 되면서 평소 교대로 하던 학원 강습 일을 정민이 책임지고 도맡았다. 다행히 원생들은 협조적이었고, 일도 생각만큼 고되지 않았다. 귀가 후에는 홀로 일러스트 외주도 진행했다. 어시스트를 구했다고 했지만, 사실은 거짓말이었다. 한 푼을 아끼기 위해 정민은 새벽 4시까지 뜬눈으로 강행군을 이어갔다.

'다행이다. 나만 조금 더 피곤하면 충분히 다 할 수 있어서.'

다행인지 불행인지 정민은 버티는 게 가능했다. 4시에 잠들고 9시면 일어나 출근하는 일상이 수일 반복되었다. 그사이에 수민은 휴식을 취하며 수술 전까지 컨디션을 관리했다. 미술이 좋고, 그림을 사랑해서 시작한 일이 그녀들의 몸을 때로는 아프게 했지만 마음만큼은 병들게 하지 못했다.

"이제 상태 괜찮으니까 학원 강의는 내가 나갈게."

"수술 끝날 때까진 절대 안 돼."

정민은 수민이 쾌차하기 전까지 일을 시킬 생각이 없었다. 침대에서 자꾸 일어나려는 수민을 눕히고 이불을 덮었다.

"네가 회복되기 전에 출근하는 선택지는 없어."

"내가 계속 쉬면 돈은?"

"외주비 곧 들어올 거야."

"어시스트한테도 줘야 하잖……."

수민은 낮에 먹은 쌀죽이 불편했는지 헛구역질을 했다. 깜짝 놀란 정민이 휴지를 건넸으나, 수민은 곧바로 화장실로 달려가 구토를 했다. 정민은 노심초사하는 마음으로, 간신히 울음을 참으며 화장실 문턱 뒤에서 수민을 바라보았다. 수민은 각혈로 새빨개진 입술을 손으로 가려가며 괜찮은 척 웃었다. 수민은 입을 헹구기만 하면 되니 얼른 방으로 들어가라 재촉했지만, 정민은 도저히 그럴 수가 없어 애꿎은 소맷단만 잡아늘였다.

문턱을 사이에 두고 두 여자는 서로를 향한 미안함을 연거푸 삼켰다. 그것은 잘못 만들어진 당고처럼 쓰고 질척였다.

❀

다행히 수술은 잘 끝났다. 의사가 제안한 입원 기간은 이틀이었다. 정민은 이틀 정도라면 입원비가 많이 나오지 않을 테니 걱정 말라며 수민을 다독였다.

태어나서 처음으로 환자복을 입어본 수민은 어안이 벙벙한 채 병실에 누워 있는 와중에도 잠들지 못하고 계속 실없는 소리를 했다.

"퇴원하면 내가 일 세 배로 할게."

"일이 세 배로 들어오지도 않아."

"그럼 2.5배."

정민은 수민을 간호하는 틈틈이 아이패드로 일러스트 외주를 진행했다. 수민에게 말은 안 했지만 사실 일을 하나 더 받았고, 마감이 코앞이었다. 일이 많지 않은 척을 하면서 분주하게 작업하는 건 생각보다 어려운 일이었다.

"퇴원하면 뭐 먹고 싶어?"

"음…… 아, 당고!"

"너 퇴원하면 녹차 당고로 먹자."

"당장 퇴원하고 싶어진다!"

그까짓 당고, 이번에는 꼭 녹차 당고로 사주리라 결심하며 정민은 손을 재빨리 움직였다. 당장은 쓸모없고 위급하지도 않은 이야깃거리만이 서로에 대한 미안함과 죄스러움을 씻었다. 정민은 대견하게 수술을 견딘 친구를 위해 이따금씩 크게 웃었고, 그 와중에도 오른손은 멈출 줄을 몰랐다.

"저녁에도 학원 알바 가지? 끝나면 바로 집에 가서 쉬어. 나는 혼자 있어도 돼."

"괜찮겠어?"

"물론."

수민은 정민에게 자신을 대신해 밥을 잘 챙겨 먹으라고 했고, 정민은 건성으로 고개를 끄덕인 뒤 병원을 나섰다.

안타깝게도 저녁을 챙겨 먹을 시간은 없었지만, 그 점이 오히려 기뻤다. 시간이 없다는 핑계로 돈 쓸 일을 하나 더 줄였기 때문이다. 배가 꼬르륵거리는 건 수민이 겪었던 아픔에 비하면 별것 아니었으며, 친구는 수술을 해서 먹고 싶은 것도 못 먹고 누웠는데 혼자 호의호식하고 싶지는 않았다.

정민은 어린 시절 어머니를 여읜 후 아버지가 했던 말을 떠올렸다.

"이제 더 이상 너도 보살핌을 받는 존재가 아니고, 보살펴야 하는 존재다."

그건 형편이 좋지 않았던 아버지가 딸의 창작 활동을 지원해줄 수 없음을 암시하는 말이자, 가장의 무게를 나눠 지자는 부탁이기도 했다. 그때 정민은 저항 없이 고개를 끄덕였다.

'그래, 나도 이제 누군가를 챙겨야 하는 사람이지.'

정민에겐 책임감이 있었고, 그것이 정민에게 주어진 가장 큰 불행이었다.

병원에서 나와 곧장 향한 곳은 결국 학원이었다. 정민이 코를 훌쩍거리며 수업을 진행하는데 한 학생이 화들짝 놀라며 종이 귀퉁이를 가리켰다.

"쌤, 피……."

정민의 코에서 묽은 피가 후두둑 쏟아졌다.

"미안. 종이 바꿔줄게."

정민은 거친 휴지를 뭉쳐 코를 대충 틀어막았다. 그녀는 자신의 몸 상태를 객관적으로 판단하고 싶지 않았다. 최근 들어 무척 피곤하고 두통도 잦아졌으나 아프다는 생각에 집중하면 일이 잘 안 되었다. 코피 정도면 다행이라 생각하는 것이 훨씬 더 긍정적이니 정신 건강에도 좋다고 믿었다. 그녀는 두통이 생기기 전에 얼른 진통제 한 알을 챙겨 먹었다.

"쌤, 혹시 야한 생각 했어요?"

"정민 쌤 야한 생각 해서 코피 터졌대요!"

학생들은 정민을 걱정스레 쳐다보다가도 이내 이렇게 장난을 쳤다. 그 철없는 해맑음이 정민은 오히려 좋았다.

"민지랑 주연이는 오늘 30분 더 그리고 가도록."

짓궂게 굴던 두 학생이 자지러지는 비명을 질렀다. 정민은 그런 아이들의 반응에 잠깐이나마 피로감을 잊었다. 퇴근 직전까지 코를 틀어막은 휴지를 서너 번 더 교체해야 했지만, 그림을 그리고, 누군가를 가르치고, 친구를 책임지기 위해 애쓰는 그녀의 선의는 고단함마저 덮었다.

❀

수민의 퇴원 날, 의사는 정민에게 앞으로 식단에 신경 써야 한다는 주의를 주었다. 위용종은 관리에 소홀하면 재발할 가능성이 크며 그 최악의 결과가 위암이라면서. 두 여자는 '위암'이라는 단어에 놀라 어깨가 빳빳하게 굳은 채로 병원을 나섰다.

"이제 치킨 못 먹겠네."

"당분간은 금지."

"뭘 먹어야 하지?"

"양배추 된장국, 양배추 쌈밥, 양배추 수프, 양배추 절임……."

"으악!"

수민은 벌써부터 밥맛이 뚝 떨어진다며 손사래를 쳤다. 정민은 그러는 수민의 손목에 눈이 갔다. 부쩍 앙상해져 있었다. 이왕이면 양배추를 왕창 먹여서 살을 찌워야겠다는 새로운 다짐이 들었다. 그녀는 휴대폰을 들어 수민 몰래 온라인 마트 장바구니의 양배추 개수를 늘렸다.

어느덧 순영 떡집에 도착했고 정민은 수민과의 약속을 지키고자 했다.

"퇴원 기념으로 녹차 당고 먹자."

정민은 수민의 퇴원을 축하하는 뜻으로, 오늘만 양배추가 아닌 것을 먹이기로 했다. 호기롭게 녹차 당고 팩을 집으려는 순간, 수민이 정민의 손을 막았다.

"생각해보니 오늘은 간장 맛으로 먹고 싶어."

"갑자기?"

"짠맛이 땡겨."

"그럴 리가. 녹차 당고 먹자고 노래를 불러놓고서는?"

정민은 수민의 표정이 평상시보다 무겁다는 점을 알아차렸다.

"괜찮아. 오늘은 천 원 더 써도 돼."

"아냐. 간장 맛이 먹고 싶어서 그래."

정민은 돌연 녹차 당고가 아닌 간장 당고로 변심한 수민이 의아했으나, 본인이 먹고 싶다고 하니 이내 수긍했다.

사실 수민 또한 정민의 오른쪽 손목을 유심히 보았었다. 소매에 일부 가려져 있었지만 조그마한 살색 파스가 붙어 있었다. 그동안 많은 일을 혼자 처리하느라 손목에 통증이 생긴 탓이었다. 그걸 알면서도 어린아이처럼 먹고 싶은 것을 주장할 수는 없었다. 여전히 녹차 당고 맛이 궁금했고, 겨우 천 원 차이라는 사실에도 변함이 없었지만.

'나 때문에 고생했을 텐데.'

수민은 언제나 정민의 친구이고 싶었지, 짐이 되고 싶지 않았다.

수민이 건강을 되찾으면서, 둘은 예전처럼 함께 일하며 저축했다. 전시 개최를 위한 자금이 차곡차곡 쌓였다. 두 여자는 어제 일로 고꾸라지지 않고 내일을 향해 꼿꼿이 허리를 폈다. 위장약과 두통약조차 사탕처럼 달게 삼키며 버텨가던 7월 초순이었다.

둘은 이제 최소한의 생활비를 벌 만큼만 일하고, 추가 외주를 받는 일은 멈췄다. 개인전 준비에 박차를 가할 타이밍이 온 까닭이었다. 집 근처의 협소한 반지하 작업실을 단기로 임대해 미술 도구들을 그쪽으로 옮겼다.

합동 전시로 선택한 주제는 '동양 전설의 재해석'인데, 한국에 있는 옛이야기들을 현대 회화로 승화시키는 작업이었다. 수민과 정민은 서로 다른 자료를 참고하며 개성 있는 작품들을 기획했다.

수민이 젤리 하나를 우물거리며 정민 쪽 테이블로 다가왔다. 정민이 펼쳐놓은 레퍼런스들이 가득했다.

"이 중에 뭘로 할지 정했어?"

"응. 붉은 바위 전설로 하려고."

"붉은 바위? 강렬한 이미지가 떠오르네."

"그렇지? 조선 시대 얘기래. 산속 큰 바위에 불이 붙었는데,

장님인 노인이 마침 홀로 산을 오르고 있었어. 열기를 느낀 노인은 눈이 보이지 않는데도 혼신의 힘을 다해서 바위에 붙은 불을 껐어. 하지만 온몸에 화상을 입고 말았지. 그걸 알게 된 바위신이 노인에게 고마워하며 후한 보상을 주었대."

"뭘 줬는데?"

"보이지 않는 존재를 보는 능력! 그 후로 노인의 자손들은 대대손손 남이 보지 못하는 걸 보는 능력으로 많은 사람을 위로하고 살았대."

"일종의 영웅 설화 같은 거네? 신기하다."

"더 신기한 건, 그 불탄 바위 말이야. 아직도 남아 있대. 노인의 자손들에게 도움을 받았던 사람들이 오래전에 사찰을 세웠다 하더라고."

"그 사찰 이름이 뭔데?"

정민이 레퍼런스용 책과 문서를 열심히 뒤적거렸다. 온통 붉은 바위 전설에 대한 이야기뿐이었다. 어디서도 사찰의 이름은 나오지 않았다.

"잘 모르겠어. 뭐, 중요하지 않잖아?"

"그건 그래."

정민이 흐트러진 레퍼런스 문서들을 보기 좋게 정리했고, 수민도 찾아온 문서들을 슬며시 곁에 놓았다.

"나는 좀 으스스한 전설을 알게 됐어."

"괴담? 재미있겠다."

"영혼 교환의 법칙이라고 알아?"

"처음 들어봐."

"좀 무서운 이야기인데, 예로부터 한 사람을 살리면 한 사람은 죽어야 한대. 그래서 사람은 다른 사람의 운명에 쉽게 개입해서는 안 돼."

"너무 무섭잖아! 잘 그릴 자신 있어?"

"당연하지."

수민이 자신만만해하며 섬뜩한 그림이 담긴 레퍼런스를 보여주었다.

"벌써부터 연말이 기대돼. 사람들이 많이 봐줬으면 좋겠어."

"분명 잘될 거야."

"이다음에 돈 많이 벌면, 정민이 넌 뭘 먼저 해보고 싶어?"

"그냥 뭐…… 남들처럼 살기."

두 여자는 테이블에 앉아 작업을 개시했다. 창문이 없는 탓에 해도 달도 보이지 않았지만, 24시간 환한 형광등이 있어 서글프지 않았다. 서로가 서로에게 의지하며, 배가 고플 때나 머리가 아플 때도 늘 함께였다. 잘나가는 동기들의 화려한 사진들을 SNS로 볼 때면, 전시 하나를 열기 위해 억척스럽게 구는 스스로에게 자기연민이 느껴지기도 했다. 정민은 언젠가 부유한 친구들이 스트레스를 풀기 위해 받는다던 네일아트라는 것을 받아보고 싶었다. 누리며 살게 되리라는 작은 소망 하나를 붓과 함께 부여잡았다. 수민이 좋아하는 음악 하나. 정민이 좋아하는 음악 하나. 작업실을 가득 채운 멜로디는 끊이질 않았다.

과정은 순조로웠다. 갤러리를 풍성하게 채울 작품이 여러 점 완성됐으며 구도와 동선 역시 가닥이 잡혀갔다. 둘의 개성을 하나로 묶어줄 연결 고리만 떠올리면 되었다. 동시에 통장 잔고도 구멍이 뚫린 컵처럼 빠르게 비워졌다.

여름이 가고, 가을로 접어들 무렵 잔고의 바닥을 먼저 발견한 건 정민이었다. 그녀는 수개월 전 했던 고민을 재개했다. 도구비를 줄여볼까. 식비를 줄일까. 어디를 어떻게 줄일 수 있을까. 통장 어디에도 구멍이 없는데 돈은 입금되는 족족 새어나가기 바빴다.

고민을 단칼에 잘라버리는 목소리가 들려왔다. 수민이 작업실 문을 확 열어젖혔다.

"정민아, 대박 뉴스야!"

인사를 생략하고 입장한 수민이 메시지 한 통을 보여주었다.

"연말에 우리 전시, 골드 재단 사람들도 보러 온대."

"아직 홍보도 안 했는데 어떻게 알고?"

"은희가 거기서 사무직 인턴으로 일하잖아. 우리 포트폴리오랑 일정을 알려줬더니 흥미롭다고 했나 봐. 정말 잘됐지?"

골드 재단은 매년 신예 작가들을 발굴하여 거액의 후원을 해주는 이른바 미술계의 '큰손' 서포터로 유명했다. 금전적 지원뿐 아니라 다양한 연계 기획을 마련해주고, 거장 선배들과의 자리도 주선해주어 신예 양성에 공을 들였다. 서포트가 대단한 만큼 그들의 안목은 까탈스럽기로 유명했다. 포트폴리오를 전송해도 답신이 없기 일쑤였고, 잘나가는 작가들이 개인전에 초청해도 좀처럼 찾아오지 않았다. 그런 콧대 높은 재단에서 전시 방문 의사를 밝힌 건 매우 좋은 징조였다.

설령 신예 작가로 선정되지 않더라도, 골드 재단이 다녀갔다는 것 자체만으로 하나의 바이럴이 되어 다른 재단 사람들도 전시를 보러 올 가능성이 높았다.

"왜 그래?"

"……."

"뭐야. 너 울어?"

침착함을 잃는 법이 없던 정민의 눈시울이 붉어져 있었다. 수민은 그런 정민을 보자마자 북받쳐서 그녀를 와락 끌어안았다.

"어? 정민아 너……."

기쁨의 눈물을 닦던 중에 수민의 표정이 돌연 굳었다.

"코피 나."

정민이 별거 아니라는 듯 씩 웃으며 코를 틀어막았다. 코피 정도는 실컷 쏟아도 괜찮을 만큼 좋은 소식이었으니까.

"피곤하면 병원에서 링거라도 한 방 맞는 게 어때?"

"겨우 코피 가지고."

수민은 혈색이 부쩍 하얘진 정민이 걱정됐으나, 그녀의 웃음이 너무나 해맑아 이내 걱정을 삼켰다. 이왕 피곤과 사투하며 준비 중인 전시, 조금 힘들더라도 최선을 다해 달려보자는 마음으로 주먹을 불끈 쥐었다. 그 마음은 말하지 않아도 따뜻한 눈빛을 타고 정민에게 고스란히 전달되었다.

❀

어느덧 10월, 완연한 가을이었다. 정민은 부쩍 잦아지는 코피 증세에 이상함을 느끼고 이비인후과를 찾았다.

"아무리 봐도 코에는 이상이 없어요."

전문의는 정민의 콧속을 세밀하게 관찰했으나 도통 문제점을 찾지 못했다. 보통은 코 점막이 헐었거나 혈관이 약해서 코피를 쏟기 마련인데, 정민의 코에는 이상이 없었다.

"빈도가 어떻게 되시죠?"

"요즘 들어서는 거의 이틀에 한 번꼴이에요."

"이상하리만치 잦긴 하네요."

"피곤해서 그렇겠죠?"

"글쎄요. 코가 피로도를 측정하는 기관도 아닌데 유독 출혈이 잦다면 다른 문제가 있다는 뜻이겠죠. 아주 드물긴 하지만 감각신경에 문제가 생긴 걸지도요. 소견서를 써드릴 테니 한번 큰 병원으로 가서 검사를 받아보세요. 방치하지 마시고요."

정민은 건성으로 고개를 끄덕이곤 자리에서 일어났다. 의사는 그녀의 태도에 불안함을 느끼고 첨언했다.

"감각신경은 감각기관에서 다루는 게 아니에요. 아시죠?"

정민은 의사의 조언에 예의상 고개만 꾸벅였다. 원인을 발견하지도 못한 채 진료비만 지출해 속이 쓰렸다.

'코 정도는 뭐……. 그림 그리는 손도 아니고.'

그녀는 오히려 다행이라고 생각해버렸다. 피로하여 고장 난 기관이 고작 코일 뿐이다. 냄새를 맡는 일은 미술과는 거리가 멀었다. 후각이 무뎌지면 냄새와 맛을 잘 못 느끼겠지만 화가에게 꼭 필요한 감각은 아니었다. 당장 고치지 않아도 괜찮을 거라 판단했다.

안내 데스크에서 수납을 끝나자, 데스크 직원이 연계 진료가 가능한 큰 병원을 추천했다. 그곳에서 종합검진을 받으라는 의사의 권유를 전한 것이다.

"비용이 얼마 정도 나올까요?"

"CT를 찍으면 15만 원쯤 나와요."

"아, 네. 고맙습니다."

정민은 황당함에 코웃음을 쳤다. 15만 원이라는 액수를 듣자마자 검사에 대한 일말의 의향조차 깔끔히 사라졌다. 당장 재료비와 작품 운반비가 아쉬운 판국에 15만 원이나 코에 투자하고 싶지는 않았다.

집으로 돌아가며 데스크 직원이 전달해준 소견서를 한참 내려다보았다.

"뭘 CT까지 찍어. 이것도 다 상술이지."

권유를 못 들은 척해버리니 15만 원을 아꼈다는 생각이 들었다. 벌지도 않은 돈이 통장에 쌓이는 횡재감을 느꼈다. 스트레스를 조금씩 줄여보자 생각하며 마음을 환기시켰다.

평일 오후. 지하철역 인근 공원에선 플리마켓이 한창이었다. 입구와 가까운 부스 하나가 정민의 발목을 잡았다.

우정 목걸이 1+1, 20,000원

공예가가 만든 목걸이에 시선을 뺏겼다, 하트 펜던트 안에 원하는 사진을 넣을 수 있었고, 닫으면 은빛으로 반짝거렸다. 마침 몇 달 전에 포토네컷 부스에서 함께 찍어둔 사진이 있기에 정민은 두 개의 펜던트 속에 같은 사진을 넣고 다니는 걸 상상해보았다.

"저거야!"

눈이 번쩍 뜨였다. 전시가 완성되는 순간이었다.

❀

11월. 갤러리 내부에 가벽을 설치하고 본격적으로 동선을 구현하는 작업이 진행되었다. 수민과 정민은 머릿속에서 상상만 했던 공간이 실제가 되는 과정을 무척 즐거워했다. 작업 비용을 줄이기 위해 스스로 인부가 됐는데, 둘의 실력이 빼어난 덕에 과정은 빠르게 진행되었다. 갤러리 관계자는 하나둘 구색을 갖춰가는 전시회장을 수시로 체크했다.

"두 분이 하나의 주제로 전시를 꾸리니 이색적이네요. 하지만 공간이 두 섹션으로 나눠진 느낌입니다."

서로의 기호와 성향을 침해하지 않고 듬뿍 발현했으니, 어찌 보면 당연한 피드백이었다. 관계자는 조화의 관점에서 분할된 섹션의 연결 고리를 요구했다. 이는 두 여자가 익히 고민했던 지점이었다.

수민은 또렷한 답지를 찾지 못해 관계자의 피드백에 주눅이 들었다. 하지만 정민은 당찬 태도를 잃지 않았다.

"준비는 이미 되어 있습니다."

"곧 구현하실 예정인가요?"

"네. 금방요."

관계자는 연결 고리가 될 설치물까지 완성되면 다시 찾아오겠다 말한 뒤 건투를 빈다는 격려를 끝으로 현장을 떠났다. 상황을 미리 전달받지 못한 수민이 의아한 표정으로 바라보았다.

정민이 재킷 안주머니에서 목걸이 두 개를 꺼냈다.

"펜던트를 열어봐."

함께 찍었던 사진이 작게 오려져 삽입되어 있었다.

"귀여워. 언제 이런 걸 만들었어?"

정민은 수민의 반응에 기쁘게 대꾸했다.

"이 목걸이만 봐도 우리 둘의 관계를 다들 알 수 있을 거야. 우린 제법 닮았고, 이름도 비슷하고, 오래 함께 지냈잖아? 하지만 작품은 이렇게나 달라. 목걸이를 두 섹션의 중앙에다 전시할 거야. 사람들이 우리의 우정에 기반해서 작품 연관성도 직접 상상했으면 좋겠어."

정민은 갤러리의 중앙에 한 쌍의 석고 토르소를 배치할 거라고 덧붙였다. 그 토르소에다 목걸이를 걸어 서로 마주 보게 하는 것으로 관계성을 표현하려는 계획이었다. 수민이 덧붙였다.

"그러면 내 몫의 토르소 뒤에는 네 섹션이, 네 몫의 토르소 뒤에는 내 섹션이 펼쳐지면 더 감각적일 것 같아."

"좋아. 그렇게 해보자."

"전시 전까지는 이 목걸이 내가 걸고 있어도 돼?"

"당연하지."

수민은 정민의 세심한 선물이 마음에 들었다. 가격이 얼마가 됐든, 돈으로 헤아리지 못할 가치가 있었다. 정민은 수민의 환한 웃음을 보며 지불하지 않은 것까지 보상받았다고 생각했다. 두 여자는 아직은 텅 빈 갤러리 안을 마음껏 거닐며 즐거워했다.

"마무리 잘되면, 전시 한 번 더 해보자."

수민은 미래를 기약하는 말에 두려움이 없었다. 이토록 사려 깊은 정민과 함께라면 앞으로 평생 합동 전시만 해도 괜찮을 것 같았다. 그녀는 전시회장의 출구 방향을 향해 관객의 마음으로 한 발짝씩 걸어갔다. 정민은 말없이 그녀의 뒤를 따랐다.

"우리는 성격도 잘 맞고."

수민의 목소리가 멜로디 없는 노랫말이 되어 전시회장을 가득 채웠다. 수민은 양쪽에 늘어선 벽이 서로의 작품으로 꽉 차는 모습을 상상했다. 연말이 오면 꿈도 곧 현실이 될 예정이었다.

"마음도 잘 맞고."

전시가 흥행하여 멋진 아티스트가 되는 미래는 언제 상상해도 늘 행복했다. 개인 외주 일을 더 받지 않아도, 클라이언트에게 구박받지 않아도 되는 삶이 곧 펼쳐질지도 몰랐다. 아직은 김칫국일 수도 있으나, 수민은 마음 편하게 김칫국을 마실 수 있는 지금이 좋았다. 언제나 내일을 기대하고, 또 설레어하며 살고 싶었다. 이왕이면 곁에 있는 정민과 함께.

돈을 많이 벌면 해외여행을 가야지. 루브르 박물관에 가보고 프라도 미술관도 가봐야지. 맛있는 걸 사 먹어야지. 좋은 옷을 입어야지. 심장을 뛰게 할 소망이라면 몇 개고 더 만들수 있었다. 수민이 하는 모든 상상 속에는 늘 정민이 있었다.

"우린 전생에 쌍둥이 아니었을까? 아니면 도플갱어."

말없이 뒤를 따라오고 있을 소중한 친구를 돌아보았다.

쿵.

수민은 보았다. 자신의 도플갱어일지도 모를 친구가 바닥으로 추락하는 비극을.

❀

회상의 마지막 장면은, 발랄하게 앞으로 나아가는 한 여자의 뒷모습이었다. 그녀를 바라보던 시야가 휘청이더니 아래로 곤두박질쳤다. 그리고 암전. 그것이 곧 내가 손을 잡고 있는 정민의 최후이기도 했다.

"무슨 일이 있었던 거예요?"

내가 손을 놓아주자 정민은 손바닥을 들어 올려 깔끔히 정돈된 손톱을 바라보았다. 손을 오므렸다 펼치며, 산 사람의 따뜻한 체온을 복기하는 듯했다.

망자들은 죽던 날을 회상해도 아무렇지 않은 걸까. 정민의 얼굴 역시 서러움과는 거리가 멀었다. 감정의 반절을 잃어버린 사람 같았다.

"뇌종양이었대요."

"그렇게 큰 병을 몰랐단 말이에요?"

"몰랐다고 말할 수 있을지 모르겠네요. 몸은 계속 신호를 보냈는데 내가 모른 척한 거니까요."

"하지만 너무 갑작스럽게……."

"맞아요. 갑작스러웠죠. 그렇게 꾸준히 피도 쏟고 두통으로 아파하면서도, 제가 모른 척한 탓이에요."

망자가 몸을 돌리고는 화월당 밖의 밤하늘을 올려다보았다. 꼭 두고 온 자신의 집을 바라보는 것처럼.

"이렇게 빨리 끝날 줄 알았으면 녹차 당고 정도는 먹어보고 죽는 건데 말이죠."

농담 투로 말했지만 그걸 듣는 내 마음은 쓰렸다.

할머니도 아픔에 무딘 사람이었다. 병원에 자주 가지 않고, 갈 때도 늘 혼자 가길 원했다. 어디가 아프냐 물으면 묵묵히 약 봉투를 흔들며 어련히 잘 챙기고 있으니 걱정하지 말라는 말만 하셨다. 사람은 나이를 먹으면 늘 아프기 마련인지도

176

몰라. 그리 생각하며 나는 멋대로 안심했다. 하지만 죽음은 발자취를 감추는 고요한 손님이었다. 이미 곁에 있음에도 눈에 띄지 않는, 공기처럼 가볍고도 무거운 존재.

"사장님은 건강 잘 챙겨요. 죽어서 도전하면 아무 의미가 없어. 내 손톱만 봐도 그래요."

"그 조언을 고맙다고 말해야 할지."

"아무튼 녹차 당고 가능하죠?"

이제부터는 내가 힘을 쏟을 시간이었다. 시간을 맞추려고 바로 레시피 책자를 펼쳤다. 간장 당고 레시피는 있으나, 녹차나 말차 가루를 겉에 뿌리는 것만으로는 안 될 것 같았다.

"안 급하니까 천천히 해도 돼요."

"아뇨. 자정이 되기 전까지 만들어야 하니까 제가 얼른……."

"저는 괜찮아요. 다른 손님은 몰라도."

여자는 황망해하는 나를 오히려 달래며 여유를 부렸다. 자비 없는 시계 초침에 전혀 주눅 들지 않았다.

"만들면서 내 말벗도 해줘요."

"얼마든지요."

"여기에 온 망자들은 뭘로 다시 태어났나요?"

일단은 제과를 시작하기 위해 자리를 옮겼다. 오픈형 키친인 데다가 계산대와 가까워 여자와 대화가 가능했다.

"환생 모습을 직접 보진 못해요. 화월당에서 퇴장하면 그다음은 저도 알 수 없거든요."

답을 하면서 경단을 만들었다. 찹쌀가루를 반죽해 만드는 것이기에 과정이 어렵진 않았다. 다음은 미타라시 소스 차례였다. 단맛과 끈적한 식감을 더하는 소스였다. 설탕과 간장을 함께 졸여 만드는데, 간장의 양을 대폭 줄이고 녹차와 말차 가루를 이 단계에서부터 혼합했다. 짠맛은 줄어들고, 쌉싸래한 맛이 도드라졌다. 익힌 경단들을 꼬챙이에 끼운 후 소스를 끼얹어 완성했다.

투명한 플라스틱 팩에 나란히 담자 제법 그럴듯한 모습이 만들어졌다. 정민이 수민에게 사주지 못해 미안해했던, 수민이 정민에게 고집하여 미안해했던 음식. 서로를 생각하는 두 여자의 미안함이 동그란 초록 구슬로 환생했다.

"주문하신 녹차 당고입니다."

"정말 예쁘네요."

팩에 담지 않은 여분의 당고 한 꼬챙이를 여자에게 주었다. 그녀는 사양하지 않고 내가 준 당고를 받아서 먹었다. 쫀득함보다는 질척임에 가까운 식감이라 여자는 한참을 씹은 뒤 삼켜냈다.

반응이 빨리 표현되지 않아 나는 마음이 초조해졌다.

"왜 그러세요? 혹시 이물질이라도?"

"아뇨, 이건⋯⋯."

나는 당고의 상태를 점검했다. 별다른 특이점은 없었다. 여자는 무엇이 우스운지 당고를 씹으며 히죽거렸다.

"처음 먹어봤는데요, 이건 진짜······."

"혹시 너무 맛있어서?"

"정말 맛이 없네요!"

여자가 꼬챙이를 내려놓으며 고개를 저었다. 말과 달리 얼굴에는 히죽거림이 가득했다.

"역시 난 간장 맛이 더 좋네요. 쌉싸래한 건 별로예요. 이게 뭐 그리 먹고 싶다고 걔는 맨날 노래를 불렀을까요?"

"열심히 만들었는데······."

"나쁜 뜻으로 말한 건 아니에요. 그냥 이제야 이 맛을 알게 됐다는 게 기뻐서요. 맛없다는 평가도 수민이 얼굴을 보면서 할 수 있었다면 좋았을 텐데."

여자의 밝은 얼굴이 모순적으로 처연해 보였다.

"실례지만 사장님께서 제 부탁을 들어주시겠어요?"

"설마 배송 부탁인가요?"

"네. 이 당고를 수민이에게 전해주세요. 저는 이걸 전할 날이 오기를 아주 오래 기다렸거든요. 사장님, 그거 아세요? 때로는 기다림이야말로 가장 완전한 사랑이 된답니다."

"그게 무슨 말씀······ 어?"

별안간 눈 안에 먼지가 들어갔다. 당황하여 비비적거리자,

말 그대로 눈 깜짝할 새 여자는 연기처럼 사라졌다. 활짝 열린 화월당의 유리문에 달린 쇠종만 짤그락거리며 울고 있었다. 귀신에 홀린 기분이 이런 것일까. 테이블 위엔 전시회 티켓과 펜던트 목걸이만 놓여 있었다.

기다림이라. 내가 딱히 좋아하는 단어는 아니었다.

❀

여자가 준 전시회 티켓은 이령이 미리 예매한 바로 그 전시회의 티켓이었다. 서둘러 검색을 해보니, 거기 참여한 작가의 이름이 '수민'이었다. 운명인지 우연인지 의문스러운 상황을 좋게 생각하려 했지만 그런 내 노력은 무용했다. 게다가 아침 일찍 받은 전화에서 반갑지 않은 소식을 들었다.

"어떡하지? 추가 기획 때문에 주말 출근이 잡혔어."

"못 만나는 거야?"

"저녁이 되어서야 퇴근할 것 같아. 내 몫은 취소할 테니 너라도 다녀와."

날짜 지정 티켓이라 예약일에 가지 못하면 변경이 아닌 환불을 받는 수밖에 없었다. 동행이 불가해진 이령은 거나하게 회사 욕을 하고서는 몹시 미안해했다. 주말 출근이 그녀의 잘못은 아니니 원망하고 싶지는 않았다.

"그 사람이랑 다녀와."

"누구?"

"오월 씨."

"사월이겠지."

"오월이나 사월이나. 오늘처럼 날씨 좋은 날인 건 똑같아."

그리하여 결국 토요일 낮, 내 곁에는 사월이 서게 되었다. 혼자 가도 상관은 없었지만, 내 몫의 모바일 티켓 외에 정민이 준 실물 티켓도 있었다. 망자가 준 티켓을 추후에 이령처럼 평범한 사람에게 줬다간 좋지 못한 기운이 전이될 가능성이 있었다. 그런 면에서 이번 일정의 동행자로는 사월이 적합했다.

"저도 나름 바쁜 도매상이거든요? 주말에 사적으로 불러내는 거 아주 땡큐라고요."

"좋다는 거예요, 싫다는 거예요?"

"좋다는 거죠. 공짜로 문화 생활도 하고."

노란색 셔츠에 깔끔한 청바지를 입어 무당 티를 싹 벗은 사월은 길을 걸으며 기지개를 켰다. 팔이 길어 손끝이 하늘에 닿을 듯 높이 치솟았다. 그는 요즘 들어 매일 집, 거래처, 집, 거래처만 왔다 갔다 하는 것이 지겨웠는데 바람을 쐬니 좋다며 콧노래를 흥얼거렸다. 큰 키와 어울리지 않는 귀여운 구석이었다. 전시회에 함께 가자는 제안을 하기 전에 거절하면 어쩌나 싶었는데, 즐거워하는 모습을 보니 괜한 고민이었다.

"사월 씨, 더우니까 여기서부터는 택시 타고 가요."

"걸어가요."

"기본 요금 거리인데 제가 낼게요."

"그냥 걸어요."

거듭 택시를 제안했지만 그는 한사코 도보를 주장했다. 요금 때문에 거절하는 것이라면 내 쪽에서 부담하겠다고 해도, 재빨리 대화 주제를 바꿀 뿐이었다.

"티켓을 망자가 줬다는 거죠? 우리가 할 일은 작가에게 녹차 당고를 전해주는 일이고요."

"맞아요. 마침 오늘이 작가가 상주하는 날이래요."

사월은 내게 녹차 당고 만드는 방법에 대해 물었고, 그 후에는 다른 화과자들에 대해서도 물었다. 친밀함을 느낄 것 같으면 묘하게 거리를 두는 듯한 문답이 몇 번 반복되었다.

홍석사에서 들은 이야기에 관해 묻고 싶었지만, 화월당 과자 이야기를 이어가며 혼자 떠드는 일에 여념이 없는 사월은 틈을 주지 않았다. 한껏 몰입하여 신나게 떠드는 얼굴이 바라보기에 꽤 좋아 질문은 묻어두기로 했다. 굳이 이 분위기에서 어려운 말을 꺼낼 필요는 없겠지.

이윽고 전시회장 입구에 도착하니, 길쭉한 세로형 스크린에 전시 정보가 공개되어 있었다. 사월이 양쪽 주머니에 손을 찔러 넣고 전시 주제를 읽어 내려갔다.

"라이징 아티스트. 동양화가 김수민의 첫 번째 단독 전시. 주제는 메모리얼. 잊히지 않는 기억에 대해서 이야기합니다. 밝게 타올랐던 별의 유작과 함께…… 의미심장한데요?"

"유작이라면…… 망자의 작품이 함께 전시되어 있나 봐요."

우리는 전시장 내부로 입장하여 티켓을 제시했다. 제법 규모가 있는 전시로, '메모리얼'을 주제로 한 디지털 동양화들이 펼쳐졌다. 호랑이와 두루미, 해와 달, 산수화 등이 현대적으로 채색되어 있었다. 정민의 삶 속에서 봤던 작품들을 실물로 만나게 되니 신기했다. 상상 속의 이미지가 현실에서 물성을 갖고 탄생한 것만 같았다.

"연화 씨, 인증샷 하나 찍을래요?"

"좋아요. 어디에서 찍으면 좋을까요?"

"여기 토르소 앞 어때요?"

사월이 공간 중앙에 설치된 하얀 석고상을 가리켰다. 서로 마주 보는 한 쌍의 토르소. 정민의 삶 마지막에 남아 있던 장면이었다.

토르소 중 한쪽에만 걸려 있는 목걸이를 보자마자 주머니에 담아 온, 망자가 두고 간 목걸이를 꺼내 살폈다. 동일했다. 정민뿐 아니라 수민에게도 잊히지 않는 물건이 된 것이다. 이 목걸이를 홍석사에서 대금과 바꾸어야 한다는 것이 아쉬웠다.

누군가 우리의 어깨 너머로 고개를 내밀었다.

"오늘의 저를 만들어준 작품이에요."

불쑥 나타난 여자는 전시회의 주인공이자 만나야 할 사람, 수민이었다. 정민의 삶 속에서 봤던 모습과 이목구비는 똑같았으나 다소 성숙한 느낌이 풍겼다.

더 이상 갤러리를 대관하는 일에 돈 걱정을 하지 않아도 될 만큼의 여유와 세련됨이 느껴졌다.

"수민 작가님?"

"제가 작품 설명을 해드려도 괜찮을까요?"

"얼마든지요."

나는 목걸이를 감추고 토르소 앞에 섰다. 수민은 평온한 목소리로 설명을 시작했다.

"이 토르소는 제가 골드 재단에 소속되게끔 해준 고마운 조형물이에요. 서로 다른 작품들을 연결해주는 매개체인데요, 개성이 또렷한 두 그림이 이 토르소로 연결되는 지점을 사람들은 좋아했어요. 덕분에 평론가분들도 많이 거론하셨고, 4년 만에 지금 이 단독 전시회까지 열게 됐죠. 사실은 여기에 없는 제 소중한 친구가 고안한 아이디어예요. 친구가 알면 얼마나 좋아할지……."

순간 뭔가를 잘못 들었나 싶었다. 듣다 보니 무언가 이상했다.

"잠깐만요. 4년 만이라고요?"

"네, 4년 전 11월에 친구를 떠나보냈거든요."

홍석사 스님은 영혼이 기록된 명부에 대해 언급했었다. 3년이 지나면 명부에서 지워지고, 망자의 영혼은 생명체로 환생할 수 없다고 했었다. 그렇다면 그날 내가 떠나보낸 정민은…….

사월이 귓속말로 속삭였다.

"주머니에 넣어둔 목걸이요. 그건 사찰에 가져다줄 필요가 없겠네요."

이승과 저승의 경계에 갇혀 미래로 나아가지 못하는 망자를 생각하니 허망했다. 정민은 마지막까지 울지 않았고, 지금 내 앞의 수민도 울고 있지 않는데 왜 내 마음은 아파오는 걸까. 무엇으로 태어날지 정민이 정하지 않았던 건…… 정할 수가 없음을 이미 알고 있었기 때문이었다. 오랫동안 그녀가 기다려온 건, 소중한 존재가 이승에서 성공하는 순간이었지 자신의 새로운 삶이 아니었다. 나는 누군가의 애틋함이 실현된 공간에서 기쁨보다 더 큰 슬픔을 전이받았다.

주머니에 든 목걸이를 꺼내 토르소가 상실한 기억을 채워주었다.

"그 목걸이는?"

수민이 깜짝 놀라며 목걸이의 펜던트를 열었다. 자신이 가진 것과 완전히 동일한 것이었다. 당연했다. 그녀의 소중한 짝이 내게 남긴 목걸이니까.

"녹차 당고를 주문한 사람이 전해달라고 하셨어요."

나는 수민에게 녹차 당고가 든 쇼핑백을 내밀었다. 수민은 팩에 든 녹차 당고를 보더니 믿을 수 없다는 표정으로 나를 쳐다보았다. 반짝이는 눈망울에 옛 시절을 향한 향수가 차올랐다.

"이, 이걸…… 어떻게?"

복잡한 마음이었다. 진실을 알기에 망자의 행복을 마음 놓고 빌어주지 못하니 무척 괴로웠다. 그녀는 바람이 됐을까. 바람이 되고 싶었던 걸까. 어디로 갔을까. 어째서 그 오랜 시간을 견뎠던 걸까……. 시간은 금이라던 과거의 목소리가 환청처럼 들려왔다. 그렇다면 그 시간으로 쌓아 올린 그리움도 금이었다.

사월이 말을 잇지 못하는 나를 대신해서 수민을 격려했다.

"첫 단독 전시 축하드려요, 작가님."

보이지 않아도 최선을 다해 당신을 응원해온 누군가는 이 세계에 영원토록 떠돌겠구나. 순수한 영혼은 비로소 제 몫의 자유를 찾아 유랑을 떠났다. 당신의 곁에 친구의 모습으로 다시 서지는 못해도, 영원히 기억될 사랑을 남기고서.

그토록 질긴 마음을 생경히 목격하며, 그녀들의 행복을 바랐다.

5장

네 번째 손님 이야기

딸기 찹쌀떡

"딸기 찹쌀떡도 팔아요?"

며칠이 지나 맞이한 네 번째 손님은 모자를 개구지게 뒤집어쓴 어린 꼬마였다. 지난 손님에게서 느낀 마음이 가시질 않아 마냥 쾌활하게 아이를 맞이하지 못했다.

노란색 볼캡 모자에 물이 빠지지 않은 청바지, 실밥 하나 튀어나오지 않은 깔끔한 흰 티셔츠. 한 손에 게임기를 든 아이는 혼자서 화과자점에 온 것이 낯선지 주변을 여러 번 두리번거렸다. 그림자가 없어 망자임을 확신하게 되자 혀끝에 쌉싸래함이 감돌았다.

허리를 숙여 눈높이를 맞췄다.

"시간이 늦었는데 여기가 뭐 하는 곳인지 알고 왔어?"

"당연하죠."

"혹시 몇 살인지 알려줄 수 있어?"

"열 살이요."

어째서 한창 초등학교에 다닐 어린아이가 이리도 단정한 모습으로 죽어서 영혼이 됐을까.

어른의 슬픔을 모르는 아이는 게임기의 작은 화면으로 눈을 돌리며 무심히 말했다.

"딸기 찹쌀떡 안 팔면 그냥 가고요."

"누나가 만들어줄 수는 있는데, 마음이 안 좋네."

"왜요? 저 돈 있는데요?"

게임기에서 우스꽝스러운 배경음이 흘러나오는 동안, 아이는 주머니를 뒤적거려 지폐를 꺼냈다. 찹쌀떡 정도는 충분히 살 수 있는 액수였지만, 어린아이가 떡을 들고 가게 문턱을 넘을 생각을 하니 벌써부터 안쓰러웠다. 새끼 동물을 자연으로 방사해줄 때도 이런 기분일까.

하지만 망자를 위로하는 일이 화월당 주인 숙명이라면, 이 아이의 마지막 기쁨도 내가 만들어줘야 했다. 죽은 후에도 즐겁게 게임을 하며 지낼 수 있다는 점이 그나마 다행이었다.

"왜 저를 그렇게 바라보세요? 꼭 우리 누나처럼 보네."

"누나가 있었어?"

"네. 누나가 딸기 찹쌀떡을 좋아했어서 주문한 거예요."

"혹시 누나도……."

"아뇨. 누나는 안 죽었어요."

그럼 왜 너만 여기에 혼자 있니? 즉시 묻고 싶었으나 혹시라도 아이에게 상처를 줄까 봐 지나치게 어른스러워지려는 입술을 다물었다.

"나도 게임 좋아하는데 같이할래?"

"진짜요? 누나, 보스도 잡을 수 있어요?"

"당연하지. 누나는 귀신한테 장사도 하는걸!"

"그럼 여기 같이 앉아서 해요. 이거 2인용으로 플레이할 수 있어요."

아이가 신이 나서 게임기를 흔들었다. 함께 놀자는 말을 무척이나 반기는 것으로 보아 어지간히 사람을 좋아하는 아이였다. 어린 강아지처럼 귀엽게 느껴져, 마음이 더욱 숭숭했다. 나는 간이 의자 하나를 챙겨 와 아이와 나란히 앉아 함께 게임기를 잡았다.

시끄러운 효과음이 울려댔다. 아이는 마냥 신이 난 상태였다.

"이름이 뭐야?"

"지환이요! 박지환. 누나 아이템 먹어야죠."

"미안, 얼른 먹을게. 근데 왜 찹쌀떡을 주문한 거야?"

"찹쌀떡 주문 안 했는데요? 딸기 찹쌀떡 주문했어요."

"아, 그것도 미안. 근데 별반 다르지 않잖아."

"아니거든요. 우리 누나가 딸기 있는 거랑 없는 거랑 완전 다르다고 했거든요!"

"누나랑 각별한 관계였니?"

"음, 내 인생을 보여주긴 해야 하나."

나는 어색하게 쭈뼛거리며 먼저 손을 내밀었다. 지환이 내 손을 잡아 자신의 게임기를 더 꽉 움켜잡게끔 조절했다. 나와 지환의 두 손이 작은 게임기를 통해 오밀조밀하게 연결되었다.

"대신에 제 부탁도 들어주겠다고 약속해요."

나는 말없이 고개를 끄덕였다.

"오케이. 그럼 눈 딱 감아봐요."

지환의 지시에 따라 눈꺼풀로 세상을 덮었다. 알 수 없는 기운이 게임기를 통해 팔을 타고 올라오더니 온몸에 퍼졌다. 의식의 날개가 펼쳐지고, 먼발치까지 날아오르는 비현실적인 느낌이 들었다.

게임기에선 계속 현란한 효과음이 나오고 있었다.

❀

열 살의 지환은 열일곱 살의 연주가 불편했다.

누나가 생길 거란 소식을 들었을 땐 기분이 좋아 거실을 벌처럼 붕붕 날아다녔지만, 막상 교복을 입은 고등학생을 마주하니 전혀 누나처럼 느껴지지 않았다. 오히려 아버지가 데려온 새엄마처럼 누나 또한 한 명의 어른으로 느껴졌다.

"안녕. 앞으로 잘 지내자."

"예……."

"어렵게 생각하지 않았으면 해."

"예에……."

연주는 그런 지환에게 먼저 다가가 말을 걸고, 살갑게 장난도 쳐봤지만 지환은 영 어렵기만 했다.

고등학생이라 학원에 다녔던 연주는 평일이면 밤 11시나 되어야 귀가했다. 둘에겐 얼굴을 마주하는 날보다 그렇지 않은 날이 더 많았다. 부모가 재혼을 하여 함께 살게 된 지 한 달이 지나도록 둘은 어색함을 풀지 못했다.

"연주야, 네가 누나고 나이도 많으니 노력을 해야지."

"나도 공부하느라 바빠."

"주말 정도는 지환이랑 놀아줘. 늘 혼자 지냈어서 알고 보면 외로운 아이야."

연주는 엄마에게서 지환을 잘 챙기라는 부탁을 셀 수도 없이 들었다. 여느 고등학생들과 다를 게 없었던 연주는, 지환을 가엽게 여기면서도 동시에 성가셔했다. 자신도 아직 기댈 데가 필요한 10대인데 어려도 한참 어린 남동생이 생기는 건 썩 좋지 않았다. 나이 차이가 적으면 '야, 라면 끓여 와'라는 말도 해보고 심심찮게 장난도 칠 텐데, 열 살 꼬마에겐 그러기가 어려웠다.

그럼에도 연주는 동생을 위해 종종 용기를 냈다. 주말 아침이면 지환의 방에 먼저 찾아갔다. 그러면 지환은 잔뜩 긴장해서 후다닥 침대에서 일어나 앉았다. 허벅지 위에 올려둔 두 주먹이 겉으로 보아도 몹시 뻣뻣했다. 연주는 옆에 앉아 무슨 말을 해야 친해질 수 있을지 머리를 굴렸다.

"요새 학교에서 친구들이랑 뭐 하고 놀아?"

"브롤 스타즈요."

"브롤, 뭐? 그게 뭔데?"

"친구들이랑 하는 게임인데 몬스터가, 그, 아니에요."

말해봤자 모를 거라 생각하는 동생과 들어봤자 재미없을 거라 확신하는 누나 사이에 어색한 숨소리만 흘렀다. 열 살이든 열일곱 살이든 친밀하지 못한 상대와 찰싹 붙어 앉아 대화하는 일은 쌍방으로 힘들기만 했다.

지환은 자기 옆에 앉은 키가 크고 오른뺨에 점이 있는 낯선 여자를 누나라는 호칭으로 부르는 것이 입에 잘 붙지 않았고, 위압감에 호기심도 생기질 않았다. 질문할 거리 또한 없었다. 하지만 입을 꾹 다물고 있으면 누나에게 미움을 받을까 싶어 머리를 쥐어짰다.

"누나는 공부 잘해요?"

연주에겐 최악의 질문이었다.

"별로."

"전교 몇 등이에요?"

"86등……."

"음. 와!"

둘 사이에 다시금 찬 기류가 흘렀다. 연주는 어린아이의 무해한 질문인 걸 알면서도 대뜸 성적을 묻는 것이 썩 좋진 않았다.

"넌 공부 잘하니?"

"저는 수학 잘해요."

"몇 점인데?"

"서른 개 풀어서 열두 개 맞혀요."

"그럼 잘하는 게 아닌데?"

"그런가……."

지환은 입술을 비쭉 내밀었다. 열 손가락을 모두 채우고도 두 개를 더 맞힌 건데 칭찬해주지 않는 누나가 야속했다. 연주는 토라진 지환을 보며 무슨 말을 해야 할지 난감했다.

"어…… 너…… 저기 있는 노란 모자 예쁘네!"

연주는 의식의 흐름대로 눈앞 옷장에 걸려 있는 모자를 가리키며 아무 말이나 해버렸다. 말없이 3분을 앉아 있다가 결국 연주가 어색함에 두 손 두 발을 들었다. 점심 먹을 때 보자며, 직장인들이나 할 법할 인사를 남기고 자기 방으로 도망갔다.

침대에 혼자 남겨진 지환은 불편한 사람이 떠나서 좋긴 했지만, 한편으로는 역시 자신을 미워하는 것 같아 마음이 저릿했다.

소극적이고 내향적인 성격만큼은 똑 닮은 남매라 차라리 어른과 함께 있는 게 더 나았다. 비슷비슷한 토요일과 일요일은 몇 번이고 반복됐다. 부모가 남매의 친밀도를 높이기 위해 용돈을 주며 함께 슈퍼에서 아이스크림이라도 사 오라고 시켰지만, 둘은 계산만 같이한 뒤 다섯 걸음 떨어져 걸었다.

'열 살짜리한테는 농담도 안 통할 테고 참 난감하네.'

'누나는 고등학생이라 내가 장난치는 걸 싫어하겠지?'

서로를 싫어하지 않으면서도, 꼭 싫어하는 것처럼 데면데면하게 굴었다. 말수가 좀처럼 없던 둘이라 귀찮게 하지 않겠다는 배려심이 한몫을 더했다. 덕분에 거리는 좀처럼 좁혀지질 않았다.

❀

지환은 놀이터에서 태준, 나리와 함께 술래잡기를 하며 평일 낮 시간을 보냈다. 놀이터를 안방마냥 동분서주했더니 세 명 모두 숨을 헐떡거렸다.

지환은 숨이 턱 끝까지 차올랐음에도 또 뛰어다닐 생각만 했다. 세 시간은 너끈히 더 놀 수 있을 것만 같았다. 나리는 이마에 맺힌 땀을 닦으며 흙바닥에 던져놓은 가방을 열었다. 손수건이 둘러진 보냉병 안에 차가운 물이 가득했다.

"나는 이거 마시고 갈 거야."

"벌써?"

"언니가 일찍 들어오랬어. 계란 볶음밥 해준대."

지환은 물을 꼴딱꼴딱 마시는 나리의 팔을 붙잡고 술래잡기 두 판만 더 하고 가라며 졸랐다. 그 바람에 나리가 보냉병을 놓쳤고, 차가운 물이 티셔츠에 후두둑 튀었다. 그래도 나리는 화를 내지 않았다.

"오늘은 밥 다 먹고 젤리도 사준댔어."

며칠 전 나리가 집에서 간식을 많이 먹는다는 이유로 부모님에게 혼이 났다는 사실을 지환은 들은 적이 있었다. 하지만 중학교 1학년인 언니가 나리에게 몰래 간식을 주겠다며 타일렀고, 나리는 좋아하는 젤리를 잔뜩 먹을 생각에 마냥 즐거워했다. 젖은 티셔츠를 팔랑거리더니 망설임 없이 자리에서 일어났다. 보냉병을 다시 가방에 넣는 손길이 야무졌다.

세 명 중 한 명이 빠져버려도 술래잡기는 가능했다. 마음이 급해진 지환이 남아 있는 지태의 손을 꼭 붙잡았다.

"너는 안 갈 거지?"

지태가 잡히지 않은 손으로 코를 후비적거렸다.

"응. 더 놀게."

"누가 술래 할까?"

"가위바위보로 정하자."

둘이서 가위바위보를 외치며 술래와 도망자를 결정하려던 참이었다.

"오지태!"

놀이터 밖에서 키가 큰 남자아이 한 명이 다가왔다. 초등학교 6학년인 지태의 형이었다. 겨우 열세 살임에도 열 살 아이의 눈에는 덩치 큰 호랑이처럼 늠름해 보였다. 지환은 기가 죽어 바위를 내려던 손을 멈추었다.

"집에 가자."

"나 술래잡기 더 하기로 했는데."

"안 돼. 엄마가 학원 마치고 집에 올 때 너 데려오랬어."

"아, 싫은데."

"싫고 좋고가 어딨어? 형이 말하는데."

형에게 대들지 못함을 알고 있던 지태는 풀이 죽어 결국 지환에게 귀가를 선언했다. 지환은 지태의 형까지 끼워 셋이서 놀고 싶었으나, 어른처럼 엄격한 표정을 보니 감히 입이 떨어지지 않았다. 지태의 형은 흙이 묻은 동생의 옷 여기저기를 건성으로 툭툭 털더니, 동생의 손을 잡고 떠났다. 지환은 몸 안에 아직 에너지가 가득했고, 같이 놀 친구만 있다면 몇 시간이고 더 뛰어다닐 자신이 있었다. 하지만 부를 친구가 없었다. 공터에 앉아 죄 없는 모래만 신발코로 슥슥 밀어댔다.

모두가 누군가의 손을 잡고 돌아갔다. 홀로 덩그러니 남겨진 지환은 '혼자'라는 단어를 몸으로 실감했다.

"집에 있을 텐데……."

마침 연주의 학교가 개교기념일이라 연주는 집에서 쉬고 있었다. 지환은 문득 연주가 데리러 와주면 좋겠다는 생각을 했다. 지태의 형처럼.

그래서 지환은 오히려 집에 가고 싶어졌다. 비록 챙겨주지 않는 데면데면한 누나만 있겠지만, 자신도 혼자가 아니라는 것을 확인하고 싶었다.

같은 시간 연주는 소파에 드러누워 개교기념일의 여유를 만끽했다. 모의고사가 코앞이니 쉴 때도 공부를 해야 한다는 압박감이 있었으나 그럴수록 공부만큼은 필사적으로 외면했다. 냉장고를 뒤져 간식도 실컷 먹었다. 학생에게 무릉도원은 멀리 있지 않았다. 학교를 안 가면, 그날은 집이 곧 무릉도원이었다.

친구들 사이에서 유행을 탔던 게임기 하나를 꺼내 왔다. 스테이지별로 보스를 잡는 게임인데, 최종 스테이지를 깨지 못해 멈춘 상태였다. 쿠션에 턱을 괴고 엎드려 자세를 잡았다. 오늘은 시간이 넉넉하니 깰 수 있을 거란 생각이 들었다.

"다녀왔습니다."

현관문이 열리고 지환이 들어왔다.

"일찍 왔네?"

"친구들이 다 집에 가서요."

"손 씻고 발 씻어."

연주는 지환이 오거나 말거나 건성으로 맞이한 뒤 다시 게임에 집중하려 했는데, 그날따라 화장실에서 발을 씻는 지환이 신경 쓰였다. 시든 풀처럼 의기소침한 얼굴이 낯설었다. 열살짜리에게도 걱정이 있나? 연주는 의아해하며, 조그마한 아이를 물끄러미 바라보았다.

"무슨 일 있어?"

"아니요."

지환은 오늘 느꼈던 감정을 다 말해주고 싶었지만, 누나가 귀찮아할까 봐 용기를 내지 못했다.

연주는 얼굴에서부터 '무슨 일 있었어요' 티를 팍팍 내는 꼬마가 씨알도 먹히지 않는 어른스러운 연기를 하는 게 황당했다.

"그럼 왜 일찍 왔어?"

"혼자여서요."

그 답이 연주를 놀래켰다. 설명을 더 듣지 않아도 놀이터에 홀로 남겨진 지환이 머릿속에 단번에 그려졌다. '혼자'라는 말이, 연주가 지환을 방치했다는 사실을 상기시켜 죄책감을 만들었다.

한편 지환은 자신이 연주를 놀래켰다는 점을 인지하지 못했다. 서운했다거나 쓸쓸했다고 감정을 서술한 게 아니라 단지 사실 그대로를 말했을 뿐이니, 누나가 눈치채지 못하리라 생각했다. 누나를 배려하려는 열 살 아이의 순수한 무지가 오히려 누나에게 더 크게 다가가리란 걸 몰랐다.

그 덕에 연주는 더 이상 쬐끄만 동생을 모른 척할 수 없었다.

"게임이라도 할래?"

연주는 발등에 물기가 가득한 지환을 향해 게임기를 내밀었다. 누나의 어른스러운 물건을 보자마자 방금까지 섭섭했던 지환의 마음은 물에다 솜사탕을 푼 듯이 확 사라졌다.

"몬스터 공략 게임인데 할 수 있으려나."

"할래요! 할래요!"

"방법 알려줄게."

연주가 지환을 곁에 앉히고 게임기를 양보했다. 자신도 하고 싶었지만, 시무룩해진 동생의 기분을 달래주는 게 게임 한 판을 하는 것보다 보람이 있었다. 비록 어색한 사이긴 해도, 연주는 지환을 가족으로 받아들이고 싶었다. 일곱 살이나 많은 누나인데도 어린 동생을 잘 챙겨준 적이 없다는 마음의 짐을 덜고 싶기도 했다.

"이게 방향 키고, 이게 공격 키야."

"내가 해볼게요."

"밥은 먹었어?"

"아니요."

"뭐 먹으면서 할래?"

"안 먹어도 돼요."

지환은 벌써 게임 삼매경에 빠져 손가락을 바삐 움직였다.

"애들은 단순해서 좋네."

출출해진 연주는 냉장고에서 엄마가 손질해놓은 과일을 꺼내 왔다. 딸기와 사과, 오렌지가 섞여 있었다. 지환은 게임을 하느라 과일은 보는 척 마는 척했지만 딸기는 몇 개 집어 먹었다.

"너 딸기 좋아해?"

"네."

"나도 딸기 좋아해."

"오."

"대답에 성의 없는 것 좀 봐."

지환은 지금 몬스터를 때려잡지 않으면 집에서 쫓겨날 아이처럼 열과 성을 다해 전투에 집중했다. 연주는 게임기를 빌려준 자신의 아량이 뿌듯했다. 동생을 잘 챙겨봤자 천 원짜리 한

장 떨어지지 않았지만, 어린아이가 즐거워하는 모습을 보는 것만으로도 웬지 모르게 행복했다.

배가 차지 않은 연주는 내친김에 외투를 챙겨 입었다.

"간식 사 올게."

"네."

"고맙습니다, 해봐."

"사 오면 할게요."

"어쭈."

연주가 평소 자주 찾는 집 근처 디저트 가게가 있었다. 다양한 수제 찹쌀떡을 판매하는 곳인데, 그중에서도 딸기 찹쌀떡이 일품이었다. 통팥 앙금과 생딸기 반쪽이 들어간 하얀 찹쌀떡의 자태는 몸을 둥글게 말고 있는 햄스터와 유사했다. 귀여운 생김새를 거부하지 못한 연주가 두 개를 포장 구매했다.

연주가 집으로 돌아왔을 때도 지환은 여전히 게임에 빠져 있었다.

"이거 먹을래? 딸기 찹쌀떡이야."

"찹쌀떡? 나는 별론데."

"그냥 찹쌀떡이랑 딸기 찹쌀떡은 다르거든?"

지환이 게임을 멈추고 연주가 가져온 것을 살폈다. 연주가 비닐 포장을 뜯어 하나를 내밀었고, 남매는 사이좋게 딸기 찹쌀떡을 한 입씩 베어 먹었다. 인공 감미료와 다른 통팥 특유의 달콤함과 딸기의 새콤함, 찹쌀떡 자체의 쫀득한 식감이 동시에 느껴졌다.

"찹쌀떡에 딸기를 넣으면 이렇게나 촉촉하다고."

"맛있어요!"

지환은 연주의 선물을 무척 마음에 들어 했다. 얼른 한 입을 더 먹었고, 씹을 때마다 젤리처럼 찐득한 것이 재미있어서 다 먹은 후에도 쩝쩝거리며 입을 닫았다 열기를 반복했다.

"나한테 할 말 있지 않아?"

지환이 배 위에 두 손을 공손히 올렸다.

"고맙습니다."

연주는 지나치게 힘이 들어간 동생의 인사가 귀여워 머리를 쓰다듬었다. 손에 남아 있던 백옥분이 지환의 머리에 묻었다. 꼭 흰 눈이 내린 것만 같았다. 그것이 웃겨 연주는 혼자서 킥킥거렸다. 누나의 웃음을 본 지환은 마음에 새겨졌던 경계가 조금 흐려지는 느낌이 들었다. 아주 어려운 사람은 아닌 것 같았다.

행복이란 혼자가 아닌 함께 만들 때 더 선명해지는 것, 그건 어린 지환도 단숨에 알아차릴 만큼 간단한 깨우침이었다.

그 후로 둘은 빠르게 친해졌다. 연주는 최종 스테이지의 보스를 대신 잡아달라는 핑계로 지환에게 말을 걸며 게임기를 양보했고, 지환은 못 이기는 척하면서도 누나 덕에 게임을 실컷 했다. 저녁을 먹은 후 창밖이 어둠으로 가득 차도 게임기를 손에서 놓지 않는 날이 많아졌다.

"지환아, 이제 자야지."

"엄마, 조금만 더 하고요."

"벌써 9시야. 그리고 누나 게임기잖아?"

"누나가 허락해줬어요."

엄마는 혹시나 지환이 연주의 게임기를 멋대로 사용하나 걱정이 되어 연주를 흘끔 쳐다보며 신호를 보냈다. 연주는 걱정하지 말라는 대답으로 지환을 옹호했다.

"봤죠?"

게임기를 양보하고, 편도 들어주는 누나가 지환은 몹시 든든했다. 밤늦게까지 졸린 눈을 비벼가며 게임 삼매경에 빠진 것은 단지 재미있어서가 아니었다. 누나가 부탁한 대로 보스를 잡아주면, 누나의 양보와 배려에 자신도 값어치를 해줄 수 있을 것 같았다.

놀이터에서 나리, 지태와 어울릴 때도 더 이상 일찍 가지 말라고 부탁하지 않았다. 지태는 평상시와 달리 1등으로 가방을 챙기는 지환을 의아하게 바라보았다.

"벌써 가려고?"

"응. 게임기 생겼거든."

"헐. 엄마가 사줬어?"

"아니. 누나가 빌려줬어."

"너한테 누나가 있어?"

"응. 고등학생이고 키도 엄청 커."

늘 혼자 남겨졌는데, 이제는 지환이 가장 먼저 손을 흔들었다. 열 살 아이의 시선에서는 어른이나 다름없는 고등학생, 그것도 키가 아주 큰 누나를 자랑할 때면 어깨가 절로 솟구쳤다.

폴짝폴짝 뛰며 집으로 향했다. 보스 스테이지를 깨면 누나는 뭐라고 칭찬해줄까. 또 얼마나 가까워질 수 있을까. 혼자 걷고 있을지라도, 마음에 타인이 있다면 외롭지 않았다. 지환의 마음은 누나로 인해 촉촉히 적셔지고 또 홀홀 자라났다.

딸기 찹쌀떡 1개 1,500원

집으로 돌아가는 길에 누나가 방문했던 디저트 가게를 발견했다. 유리창 너머에 누나가 준 것과 똑같은 찹쌀떡이 진열되어 있는 것을 발견한 순간, 지환은 홀린 듯이 가게 안으로 들어갔다.

보들보들한 하얀 궁둥이들이 탐스러운 모습을 자랑했다. 그날 먹었던 달콤하고 쫀득한 맛이 떠올라 군침이 절로 났다. 그러나 지환은 찹쌀떡의 맛보다도, 누나의 곁에 한 뼘 더 가까이 앉았던 그 순간을 한 번 더 경험하고 싶었다.

"딸기 찹쌀떡 사려고요."

"몇 개 줄까?"

"어……."

주머니에는 5천 원짜리 한 장이 있었다. 이왕이면 온 가족에게 주고 싶었다. 엄마, 아빠, 누나, 그리고 자신. 필요한 찹쌀떡은 총 네 개였으나 돈이 부족했다.

주인아주머니에게 천 원만 깎아달라 부탁할 만큼 붙임성 있는 아이가 아니었다. 지환은 5천 원짜리 지폐를 빤히 바라보다가 어쩔 수 없이 세 개만 주문했다.

"부모님이랑 나눠 먹을 건가 보구나."

"음…… 네."

"기특해하시겠네. 조심히 가져가렴."

"감사합니다."

지환은 찹쌀떡 세 개가 든 봉투 안을 계속 힐끔거렸다. 엘리베이터를 탔을 때도, 도어록 버튼을 누르는 와중에도 시선을 떼지 못했다.

도착하자마자 부엌 식탁 위에 찹쌀떡 세 개를 놓았다. 예쁘게 놓고 싶어 일렬로 줄을 세웠다. 겉으로 보면 백옥분 때문에 하얀 털공처럼 보였지만, 그 안에는 고동색 앙금과 빨간 딸기가 숨어 있었다. 먹어본 맛이 무섭다고, 지환은 그 단맛이 혀에 닿는 듯이 생생했다. 입맛을 쩝쩝 다시며 찹쌀떡 하나에 손을 올렸다. 동글하고 말랑한 감촉이 당장에라도 입안에 넣어보라고 다그치는 듯했다.

4천 500원을 썼으니 주머니에는 500원이 남았다. 지환은 그 동전을 들고는 다음 용돈 날까지 남은 일수를 헤아리려 달력을 보았다. 내일 날짜에 커다란 동그라미가 그려져 있었다. 가정을 합친 후 처음으로 가족 여행을 가는 날이었다. 다 같이 계곡에서 물놀이를 하는 동안에는 찹쌀떡은 생각도 안 나겠지. 지환은 네임펜으로 찹쌀떡이 포장된 비닐 위에 메모를 적었다.

그러고는 다이빙을 하듯 소파 위로 몸을 던졌다. 엎드린 자세로 게임기를 잡으니 찹쌀떡은커녕 누나 생각밖에 나지 않았다. 노을이 질 때까지 몰두했으나 보스는 잡히지 않았다.

"이걸 잡아야 좋아할 텐데……."

기뻐할 상대를 생각하며 몸이 나른해짐을 느꼈다. 어린아이의 집중력이 저무는 해와 함께 천천히 흐트러졌다. 눈꺼풀이 얌전히 감기자 지환은 저항할 의지를 다지기도 전에 몸의 힘을 뺐다. 엎드린 몸 그대로 노을을 이불 삼아 단잠에 빠졌다.

'엄마 꺼', '아빠 꺼', '누나 꺼'라고 적힌 찹쌀떡 세 개의 겉비닐이 일찍 뜬 별이 되어 반짝였다.

아침부터 연주는 전신 거울 앞에서 옷을 골랐다. 처음 떠나는 가족 여행이니 사진을 많이 찍을 테고, 가장 마음에 드는 모습으로 남고 싶었다. 주말이라 방심했는지 늦잠을 자버린 탓에 심사숙고할 시간은 충분하지 않았다.

가족들이 외출 준비를 모두 마치는 순간까지 지환은 꿈나라에 있었다. 엄마가 한 번 몸을 흔들어 깨웠지만, 전날 이른 저녁부터 잠에 빠진 지환은 길어지는 꿈에서 빠져나올 줄을 몰랐다.

"얼른 일어나라니깐."

보다 못한 연주가 이불을 확 들추고 억지로 상체를 일으킨 후에야 지환은 겨우 눈을 떴다. 잠옷 차림의 비몽사몽 남자아이가 잠꼬대로 누나에게 인사를 건넨 시간은 이미 정오였다.

연주는 가족 여행이 지체되는 게 싫었기에 지환의 외출복을 얼른 챙겼다. 바삐 건네는 와중에도 마음에 드는 지환의 캡 모자까지 챙기는 것이 과연 섬세한 사춘기 고등학생다웠다.

"누나, 나 게임기……."

"넌 늦잠을 자고 일어난 와중에도 게임기를 찾아?"

"주세요……."

연주가 급하거나 말거나 지환은 눈을 떠서도 게임기부터 찾

았다. 게임기는 지환이 전날 잠들었던 소파 위에 놓여 있었는
데 이미 엄마 손에 들어간 뒤였다.

엄마는 연주에게 다시는 게임기를 빌려주지 말라고 경고했
다. 매일 밤 게임을 하느라 늦게 잠드는 지환이 걱정스러워서
였다.

"이제 게임기 안 빌려줄 거야."

눈을 비비적거리던 지환이 깜짝 놀랐다. 순식간에 잠기운이
달아났다.

"왜요?"

"네가 게임기만 잡고 사느라 늦잠을 자니깐 그렇지."

"안 돼요! 아직 보스 못 잡았단 말이에요."

"됐어. 평생 못 잡을 거니까 이제 포기해."

"한 판만 더 하면 할 수 있다고요!"

"안 돼."

엄마에게 부탁을 받은 연주는 지환을 따끔히 혼냈다. 지환
은 순간 엄마, 아빠보다 누나가 더 무서운 어른처럼 느껴졌다.
겁을 먹어 대들지는 못했지만 마음이 영 이상했다.

'누나를 위해서 깨주려고 한 건데 왜 화를 내지?'

게임기를 고집한 이유는 누나가 부탁한 대로 보스 몬스터
를 잡기 위해서였다. 그걸 알면서도 자기 코끝에 손가락질을
하며 호통치는 누나가 야속했다. 더군다나 엄마, 아빠도 아니

고 누나가 혼을 내는 게 불합리했다. 자기보다 일곱 살 많더라도 부모는 아닌데, 갑자기 어른 행세를 하는 게 치사했다.

'내가 딸기 찹쌀떡도 사 왔는데…….'

자기 몫까지 포기하고 사 온 간식을 생각하면 입이 더욱 튀어나왔다. 이럴 줄 알았으면 누나 몫은 홀라당 먹어버릴걸. 지환의 입 밖으로 심술궂은 말이 튀어나올랑 말랑 했다. 연주는 지환이 뾰루퉁하게 굴자 오히려 쪼그만 게 대든다는 생각이 들어 미워졌다. 늦잠을 잔 건 지환이고, 게임에 빠져 엄마를 걱정시킨 것도 지환이었다.

연주가 허리에 손을 올리고 날카롭게 말했다.

"표정이 왜 그래? 누나가 혼 좀 냈다고 기분 나쁜 티 팍팍 내는 거야?"

지환 또한 연주의 행동이 마음에 들지 않았다.

"왜 나한테 그래요?"

"오늘이 여행인데 늦잠을 잤잖아."

"그거랑 게임기가 무슨 상관인데요!"

"게임기는 내 거야. 내가 너 빌려준 거지 그냥 가지라고 준 게 아니잖아."

"치사해요."

"그러는 너는 나빠."

어린 지환에게 너는 나쁘다는 말은 폭언이나 다름없었다.

지환은 말로 후려맞은 것처럼 마음이 얼얼했고, 어제까지 누나랑 친해진 걸 기뻐했던 자신이 초라하게 느껴졌다.

한편 연주는 동생의 태도가 이해되지 않았다. 에라 모르겠다 싶어 얼른 자리를 피했다. 뒤이어 엄마가 들어와 지환의 옷을 마저 갈아입혔다. 결국 남매는 냉랭한 분위기 속에 가족 여행을 시작했다.

❀

알아서 일찍 일어났으면 이런 일도 안 만들고 좀 좋았을까. 연주는 지환이 원망스러웠다. 지환 또한 정오부터 자신을 나무란 누나가 서운했다.

운전석과 조수석에 앉은 부모가 백미러로 둘을 힐끔거렸다.

"도착해서도 그러면 엄마가 둘 다 혼꾸녕을 낼 거래."

아빠는 물 한 모금으로 입을 적시며 웃었다. 남매는 즉각 항변했다.

"얘가 잘못한 건데요?"

"누나가 저보고 나쁘다고 했어요."

연주는 팔짱을 끼고서, 지환은 주먹을 쥐고서 상대를 노려보았다. 둘 다 자신에게 잘못이 있다는 걸 뻔히 알면서도 인정하는 일이 쉽지 않았다. 열 살과 열일곱 살. 어른이 되길 강요하기엔 둘 모두 미숙하고 어렸다.

낡은 소나타 차량이 바퀴를 구르며 앞으로 나아갔다.

"야, 박지환."

연주가 토라진 동생을 향해 상체를 비틀었다. 하지만 '너는 나빠'라는 말에 화가 난 지환은 오히려 엉덩이를 떼 손가락 한 마디만큼 더 멀리 자리를 옮겼다. 차 문에 바짝 붙을 기세였다.

"왜 저래."

연주는 속이 좁아질 대로 좁아지는 섭섭함을 느꼈다. 지환을 쓱 훑기만 할 뿐 더 말을 걸지는 않았다.

30여 분이 지나 차량은 고속도로에 진입했다. 지역이 바뀌자 하늘의 색도 바뀌었다. 앞자리에서 부모가 휴대폰으로 여행지의 날씨를 미리 살피는 동안, 빗방울이 떨어졌다. 앞유리의 와이퍼가 분주히 움직이며 빗물을 감췄다. 연주는 회색 빛깔로 탁해지는 창밖의 하늘을 보며 점퍼 주머니 깊은 곳까지 손을 집어넣었다. 손끝에 무언가가 닿았다. 지환이 테이블에 올려뒀던 딸기 찹쌀떡이었다.

잠깐 눈을 감고, 지난날을 떠올렸다.

❀

연주는 남자아이가 어려웠다.

213

성격 차이로 부모가 일찍 이혼한 뒤, 고등학교에 진학하기 전까지 연주는 엄마와 단둘이서만 살았다. 남자아이에게는 관심이 없었으며, 있다 한들 그것은 TV 드라마 속 배우나 아이돌처럼 먼 존재들을 향한 것일 뿐이었다. 심지어 그맘때의 연주는 부모를 속썩이는 이른바 '금쪽이'가 가정에서 어떤 난동을 부리는지를 필터링 없이 보여주는 프로그램에 무방비하게 노출되어 있었다.

'남자아이들은 하나같이 말을 안 듣는군. 왜 키우는 거지?'

반항적인 아동들로 인해 카메라 앞에서 펑펑 우는 부모들의 모습을 차곡차곡 수집하다 보니 놀이터에서 뛰노는 어린이들이 예뻐 보이지 않았다. 제멋대로로 보였고, 이기적으로 보였으며, 같은 사람으로 취급하기도 싫었다.

그런 연주에게 엄마의 재혼으로 남동생이 생길 거라는 소식은 청천벽력이었다.

"난 싫어! 그 애가 우리 집을 쑥대밭으로 만들걸?"

"너보다 일곱 살이나 어린데, 그렇게만 생각하지 말아."

"그래도 싫어. 말 안 들으면 바로 패버릴 거야."

"그러지 말래도."

엄마의 재혼은 연주가 막을 수 있는 일이 아니었고, 다행히 엄마가 선택한 남자는 좋은 사람 같았다. 하는 수 없이 피가 섞이지 않은 동생을 받아들여야 했다. 다만 수차례 다짐했다.

TV에 나오는 것처럼 이기적인 괴물 짓을 하지 못하게끔 하나라도 잘못하면 철저히 응징하겠노라고.

그렇게 칼을 가는 태도로 지환을 맞이했다.

"네가 지환이야?"

"안녕하세요. 누나."

막상 실제로 만나보니 지환은 TV 속 아이들과 달랐다. 두 손을 아랫배에 딱 붙여 공손히 허리를 숙였다. 연주는 또래에 비해 키가 크고 손과 발도 전부 컸는데, 그래서인지 지환은 초면부터 기가 팍 눌린 듯했고, 그런 자신을 숨기는 방법을 몰랐다. 연주의 머리에는 말 안 듣는 남동생을 쥐어팰 계획만 있었지, 조용하고 내성적인 아이를 다정하게 대해줄 계획은 없었다.

지환은 곁에 앉을 때마다 새 집으로 입양된 강아지처럼 바짝 긴장했다.

"누나는 어느 학교 다녀요?"

"나, 세명여고."

"고등학생…… 우와…….."

"신기하니?"

"네…….."

지환은 연주를 경계하면서도 다가오고 싶어 했고, 그런 마음을 숨기려 하면서도 자꾸만 들켰다. 가정을 합치기 전 다 함께 밥을 먹는 자리에서 티슈를 전달하거나 수저를 건네기도 했다. 연주는 지환이 자신에게 적의가 없음을 그런 작은 행동들로 알아차렸다.

'내가 만나기도 전에 오해했나 봐. TV 속 세상이 전부는 아닌데.'

그 후 연주는 마음을 고쳐먹기로 했다. 닫혔던 문을 열고, 지환에게 이왕이면 좋은 누나가 되자고 다짐했다. 주변 친구들이 동생과 다투면서도 결국에는 서로 의지하는 모습을 흉내 내고 싶었다. 하지만 처음 시작이 잘못된 탓일까. 친해지는 일은 생각만큼 쉽지 않았다.

이것이 일곱 살이나 많은 연주가 지환에게 선뜻 살갑게 굴지 못한 이유였다.

❀

아까 집에서 나오기 전, 연주는 그러한 과거를 생각하며 부엌 테이블 앞에 멈춰 섰다. 물 한 컵을 마시려는데 '누나 꺼'라고 적힌 딸기 찹쌀떡이 보였다. 늦게 일어난 지환에게 실컷 화를 내버린 후에야 이것을 발견했단 건 운명이 만든 반칙이었다.

'미리 알았더라면 화를 안 냈을 텐데.'

하지만 딸기 찹쌀떡과 별개로, 바락바락 대드는 태도는 분명 마음에 들지 않았다. 동생이 기특하면서도 미웠다.

회상을 끝내고 슬그머니 눈을 떠보니 옆자리의 지환은 잠이 들어 있었다. 그렇게나 늦게까지 자놓구선. 입을 다물고 새근거리는 모습이 영락없는 아이의 얼굴이었다. 노란색 볼캡 모자를 뒤집어쓴 아이의 두 뺨은 주머니 속 찹쌀떡처럼 티끌 하나 없었다.

'그냥 게임하게 해줄 걸 그랬나?'

부드럽게 나아가는 차량을 요람 삼아 연주의 눈도 감겼다. 팔짱을 끼고 한숨 자기 위해 자세를 고쳐 앉았다. 앞 좌석에서 부모가 나누는 백색소음 같은 이야기가 수면과 각성 사이에 있는 연주의 귀를 간질였다.

"갑자기 웬 비가 이렇게 와."

"트렁크에 우산 몇 개나 있지?"

"세 개 있어."

점점 커지는 둔탁한 소음은 빗소리일까. 연주는 떠오른 의문에 답을 하려 하지 않았다. 잠에 빠질 듯 말 듯 한 몽롱함이 나쁘지 않았다. 부모의 대화 소리가 아스라이 멀어져갔다.

"옆에 저 화물차, 좀 이상하지 않아?"

"먼저 앞질러 가야겠어."

우리는 가끔 예언적 순간을 맞이한다. 명확한 언어의 형태

217

로 당도하는 것은 아니지만, 어떤 현상을 목격하는 그 자체가 미래를 바꿔버리는 분기점이 되는 순간. 예컨대 오늘 연주가 지환의 안전벨트를 목격한 때가 그 예언적 순간이었다.

연주는 출발할 때 안전벨트를 제대로 하라고 말하고 싶었으나, 지환의 뾰로통한 태도가 마음에 들지 않아 관둬버렸다. 만약 연주가 지환의 안전벨트를 챙겼더라면, 그 순간을 방관하지 않았더라면…….

"화물칸 이음새가 삐거덕거리는데?"

"어어, 저거 왜 저러지?"

빗길에 졸음운전을 하던 화물차가 불시에 미끄러지며 연주네 차량을 덮쳤다. 브레이크가 작동할 새도 없이 소나타 한 대가 난폭하게 회전하더니 가드레일에 범퍼를 처박았다. 그 뒤로 주행하던 차들이 연거푸 뒤 트렁크를 박아, 찌그러진 소나타는 먼발치까지 밀려났다. 허연 연기가 피어올라 회색 하늘을 부유했다.

연주는 여전히 자신이 졸린 것인지, 의식이 멋대로 끊어져 가고 있는 것인지 분간하기 어려웠다. 단지 두 뺨을 타고 흐르는 붉은 액체가 땀이 아니라는 사실만은 알아챘다.

간신히 손을 뻗어 동생의 어깨를 만졌다. 고개가 고꾸라진 동생은 미동도 없었다. 아까 벨트 채워줄걸……. 후회가 파도처럼 밀려와 연주를 적셨다.

순간, 나는 아이의 삶으로부터 빠져나왔다. 붙잡고 있던 게임기에서 천천히 손을 뗐다. 지환은 처음 올 때와 마찬가지로 장난기가 가득한 얼굴이었다. 떠나는 자의 가슴을 옥죄는 서러움은 죽는 순간 신이 덜어가니, 안타까운 사연에 가슴이 미어지는 건 산 자의 몫이었다.

"누나가 보고 싶어서 딸기 찹쌀떡을 주문한 거야?"

허리를 굽혀 지환과 눈을 맞추었다. 아이의 까만 눈동자 안에는 어떤 거짓도 존재하지 않았다.

"보고 싶다기보다는, 그날 내가 산 걸 못 먹었을 테니까요."

"마음이 아팠겠다."

"안 아파요. 전 더 멋진 사람으로 환생할 거예요."

"어떤 사람이 되고 싶은데?"

"세계 최고의 프로게이머."

지환이 순수하게 으스대며 엄지를 들어 올렸다. 죽음 후에도 천진할 수 있는 아이의 영혼에 경외심이 느껴졌다.

"다시 태어나면 누나 같은 사람이 될 거예요."

"프로게이머도 되고?"

"네. 동생이 있다면 매일 같이 놀아줄래요!"

무심코 아이가 쓰고 있던 노란 볼캡을 벗기니 머리칼 사이

219

에 피딱지가 굳어 있었다. 망자의 몸에서 죽음의 흔적을 발견한 건 처음이라 내심 당황했다. 나는 물티슈로 그 딱지를 조심스럽게 떼어낸 다음 다시 모자를 씌워주었다.

"마지막 날 싸워서 누나는 아직도 날 미워하겠죠?"

"그럴 리가 없어."

지환이 말똥말똥한 눈동자로 올려다보았다. 나는 일말의 망설임 없이 자신 있게 덧붙였다.

"가족이니까."

이 말을 하며 나는 할머니를 떠올렸다. 지환과 연주처럼 살아생전 가깝게 지내지는 못했지만, 지금의 나는 할머니를 원망하지 않는다. 화월당 일을 하게 되면서, 틈만 나면 할머니에 대한 기억을 천천히 곱씹곤 한다. 내가 한 번이라도 살갑게 굴었더라면 우리의 관계는 달라졌을까.

나는 지환을 위해 딸기 찹쌀떡을 준비했다. 달고 부드러운 봄철 딸기를 물로 세척하여 꼭지를 제거했다. 그러고는 빨간 겉면에 남은 물기를 구석구석 닦았다. 표면이 건조해야 앙금이 잘 달라붙으므로 신경 쓸 필요가 있었다. 다음엔 냉장 보관된 통팥 앙금으로 딸기를 감쌌고, 공 모양으로 동그랗게 굴려 소를 만들었다. 떡 부분은 찹쌀가루와 물을 1 대 1 비율로 섞은 후 설탕을 한 테이블스푼 첨가하여 만들었다. 잘 섞은 후 적당한 열을 가하면 되직한 형태의 반죽이 되는데, 만들어놓은 딸기 팥소에 흰 떡을 둘러 형태를 잡으면 끝이었다.

지환이 장난스러운 표정으로 뜀뛰기를 시작했다. 발이 닿을 때마다 화월당 바닥이 삐거덕거렸다.

"누나도 나를 좋아했을까요?"

"지환이는 누나를 좋아했니?"

"네, 저는 사실 누나가 생겨서 정말 좋았어요. 언젠가 친구들한테 우리 누나는 고등학생이고, 게임기도 양보해줄 만큼 멋진 사람이라고 자랑하고 싶었어요. 같이 놀이터도 가고, 누나가 좋아하는 딸기도 많이 먹고 싶었어요. 같이하고 싶은 게 정말정말 잔뜩 있었어요!"

"그렇다면 누나도 지환이를 좋아했을 거야."

"한 번도 나를 좋아한다고 말한 적은 없었는데요?"

"사랑은 꼭 말로 표현하는 게 아니야."

"그러면 뭘로 알아차려요?"

나는 마지막 질문에는 대답하지 못한 채로 흰 찹쌀떡을 백옥분 위에 굴렸다. 백옥분은 떡이 손가락에 달라붙지 않게 하는 데다 뽀득뽀득한 식감도 더해준다. 비로소 지환에게 줄 딸기 찹쌀떡이 완성되었다.

이것저것 다른 재료를 넣어도 쫀득하게 붙어 하나의 음식으로 완성되는 떡처럼, 지환과 연주도 서로에게 더 가까이 다가가고 싶었을 것이다. 운명이 야속하여 그들을 삶과 죽음으로 갈라놓았지만, 아직 마음이 남아 있었다. 딸기와 통팥을 하나로 감싸주는 찹쌀떡과 같은 마음이.

"완성됐어!"

지환이 꼬리 치는 강아지처럼 엉덩이를 흔들어댔다. 나는 하나를 내민 뒤 남은 네 개를 따로 포장하기 시작했다.

"잠시만요."

그때 지환이 멜빵바지의 앞주머니에서 펜과 종이를 꺼냈다.

"편지도 쓸래요."

"누나한테?"

"네! 남은 딸기 찹쌀떡을 편지랑 같이 전해줄 수 있어요? 누나는 오른뺨에 점이 있어요."

이번에도 망자는 화월당에 배달 서비스까지 부탁했다. 나는 이런 부탁을 거절하지 못하리란 걸 이제는 인정했다.

"누나가 다니는 고등학교 이름 알려주면 전해줄게."

지환은 그 자리에서 찹쌀떡 하나를 다 먹은 뒤 편지를 완성했다. 어린아이의 양볼을 가득 채운 떡이, 망자의 차가운 영혼까지 동그랗게 품었다.

아이가 떠나기 전 계산대에 남긴 것은 마지막 날 집에 두고 왔던 게임기가 아니라, 쓰고 있던 모자였다. 개구쟁이처럼 씩 웃는 것이, 다시 살아나도 소년으로 태어날 것만 같았다. 배웅을 하기 위해 화월당의 문을 열어주자 아이는 힘차게 뛰며 앞으로 나아갔다.

"잠깐, 너 게임기는 안 챙겼…….."

뒤늦게 간이 의자 위에 놓인 게임기를 발견하고 챙겨서 밖으로 뛰어갔을 때, 아이는 사라지고 없었다. 게임기 또한 흙가루가 되어 날아갔다.

또랑또랑한 달만이 아이의 빈자리를 채웠다.

❀

이튿날 이른 아침, 나는 사월에게 연락해 사정을 설명하고 가게 앞에서 만나기로 했다. 마침 멀지 않은 거리에 연주의 고등학교가 있어 등교 시간에 맞춰 가기로 했다.

"복장이 그게 뭐예요? 지환이 누나가 기겁하겠네!"

사월은 평소에 입던 개량한복보다 훨씬 더 요란한 무복을 입고 나타났다. 가뜩이나 모르는 행인이 말을 걸면 놀랄 텐데, 이런 차림새라면 겁을 먹을 게 분명했다.

"어쩔 수가 없어요. 오전에는 신력이 떨어져서 복장으로 보완해야 해요."

"굿이라도 하겠다는 거예요?"

"그건 아니고요."

"이래서는 말을 걸기도 전에 도망갈 거예요."

"걱정 마요. 그 편지가 망자의 누나를 운명처럼 나에게로 이끌 거니까."

자신의 복장에 아무런 문제가 없다는 표정이었다. 그의 염주 팔찌는 아침 햇살을 받아 더욱 반짝거렸다. 혹시라도 사월 때문에 연주가 놀라면 나라도 차분히 설명을 해야겠다고 마음을 다잡았다.

"어디 보자, 근처에 알려준 고등학교가 있을 텐데…… 앗."

그는 풀려 있던 자기 운동화 끈을 밟고 넘어졌고, 그 순간 자신이 쥐고 있던 지환의 편지를 놓쳐버렸다. 길가 옆으로 큰 차들이 연달아 지나가더니, 바람이 일어 편지가 앞으로 날아갔다. 그 후 낙하한 곳은 한 여자아이의 발등 위였다. 키가 크고 오른뺨에 점이 난, 교복 차림의 학생. 틀림없이 연주였다. 그녀를 발견하자마자 누군가의 신호처럼 따뜻하고 온화한 바람이 우리를 관통했다. 팔뚝에 소름이 돋았다.

사월도 눈치를 챘는지 도포 자락을 펄럭이며 다가갔다. 역시나 차림새에 놀란 연주가 슬금슬금 뒷걸음질을 쳤다. 사월은 그녀가 아주 멀어지지 않게끔 팔을 뻗으며 넉살 좋은 표정을 지었다.

"그 편지는 제가 떨어뜨린 건데요, 안 돌려주셔도 돼요. 학생 거니까."

"이거요? 제 거 아닌데요?"

"저희는 화월당 과자점에서 온 배달 기사들인데요, 저기 연화 씨!"

나는 얼른 둘 사이에 끼어들었다. 지금부터는 내가 일을 마무리 지을 차례였다.

"박연주 씨 맞으시죠? 딸기 찹쌀떡을 주문하신 분이 계셔서요."

"누가요?"

"보낸 사람의 이름은 편지에 있어요."

연주가 아리송한 얼굴로 편지를 펼쳤다. 일순간 아침 해가 쨍 하고 강해지더니 그 빛이 연주의 머리 위로 환하게 내려앉았다. 어떤 차도 우리 곁을 지나지 않았고, 어떤 행인도 걸어 다니지 않았다. 오직 그녀만을 위하여 세계가 잠시 동안 다른 차원으로 이동한 것 같았다.

연주가 천천히 편지를 읽어 내려갔다.

최종 보스 공략법.

누나, 최종 보스는 스테이지 앞 비밀의 숲에서 황금 열쇠를 받으면 이길 수 있어요. 죽은 후로도 매일 연구해서 드디어 발견했어요. 그 열쇠로 꼭 보스를 잡고 기뻐했으면 좋겠어요. 일찍 알아내지 못해서 미안해

요. 그리고 여행 날 늦잠 잔 것도 미안해요. 나를 미워
하지 않았으면 좋겠어요. 용기가 없어서 말을 하지 못
했는데요, 나는 누나가 생겨서 되게 기뻤어요. 친구들
이 놀이터를 떠나도 외롭지 않을 정도로요. 나를 가끔
만 기억해주고, 엄마 아빠랑 건강하게 살아요. 누나가
많이 보고 싶을 거예요. 하지만 잘 참을 테니 부디 오
래오래 살아요.

하늘에서 거센 바람이 기다란 용처럼 휘몰아치며 다가오더
니 편지를 훔쳐 멀리 달아났다. 바람을 탄 그 종이는 홀로 날
개짓하듯 펄럭거리며 날아갔다. 사월이 잡으려 했으나 편지는
더 이상 있지 못하는 누군가의 마음처럼 서둘러 떠났다.

"아……."

연주는 귓가를 부여잡았다. 누군가의 목소리가 들린 것일
까. 말을 잇지 못하는 키 큰 여고생의 눈시울이 새빨갛게 변했
다. 나는 손수건을 꺼내 연주의 손에 쥐여주었다.

"동생은 이승을 떠나기 전까지 연주 씨를 생각했어요. 우리
는 망자를 볼 수 있거든요."

"그럴 수가……."

연주의 손이 파르르 떨렸다. 그녀는 운명처럼 당도한 목소

226

리를 들은 상태라 우리를 의심하지 않았다.

"내가 안전벨트를 매어주지 않아서……."

결국 연주의 동그란 눈에서 물줄기가 터져 나왔다. 나는 연주를 꼭 안아주었다. 교복 차림 여자아이는 길가에서 가족을 잃어버린 미아처럼 슬퍼했다.

"내가 잘못해서…… 나 때문에……."

"연주 씨가 행복하길 바란다고 했으니 자책하지 말아요."

"하지만 나 때문에……."

사월이 그녀의 어깨에 손을 올렸다. 염주에 찬란한 햇빛이 깃들었고, 그의 손목을 타고 위로의 온기가 흘렀다.

"동생은 게임보다 더 즐거운 세계로 떠났어요."

연주는 낯선 어른들의 품에 안겨 엉엉 울었다. 미안함과 자책감, 그리고 해소되지 않는 그리움이 뒤섞인 눈물이었다. 잘 익은 페스트리처럼 차곡차곡 쌓여 있는 그 감정의 층을 다만 사랑이라 뭉뚱그려 부를 수밖에 없었다. 동생에게 표현하지 못했어도 그녀의 마음 안에 움트고 있었던 것. 어린 동생을 향한 진심이었다.

망자가 용서하고, 산 자가 그리워하니 지난날의 후회는 홀홀 털어버려야 마땅했다.

6장

사월의 이야기

작별의 밤 양갱

홀로 가게 문을 열어둔 밤이었다. 자정이 될 때까지 단 한 명의 망자도 방문하지 않았다. 오늘은 자기 생과 작별할 사람이 없나 보다 하며 계산대에 턱을 괸 채로 유리문 너머의 밤하늘을 올려다봤다.

무료하다는 감각이 즐거운 감정과 닿아 있다면 얼마나 좋을까. 조용한 가게가 금방 지루해져 청소라도 하려고 먼지털이를 잡았다.

체감하지 못했지만 달력을 보니 가게를 운영한 지가 제법 되었다. 달력의 날짜가 아니라, 종이 위에 달라붙은 먼지를 보고 알아차렸다.

'내가 잘하고 있는 걸까?'

여전히 화월당 운영에 대한 의문이 많았다. 망자를 만나 성불을 돕는 행위가 흥미롭기는 했으나 내가 이 일에 진실로 열의를 가지고 있는 걸까? 쉽게 고개가 끄덕여지지 않았다. 무엇보다 아직은 내가 화월당의 주인이라는 확신이 들지 않았다. 여전히 이 가게에 대해 모르는 것이 많이 남아 있었기 때문이다. 돌이켜보면 나는 늘 이렇게 살아왔다. 엄마, 아빠에 대해서도 모르는 게 많았는데 할머니에게 물어보면 별다른 답이 돌아오지 않았다. 그럴 때면 그냥 그러려니 하고 넘겼다. 왜 그랬을까? 왜 그 상태로 시간만 흘려보냈을까.

오묘한 불쾌를 느끼며 먼지털이로 인테리어 소품들을 팡팡 내리쳤다. 어두운 밤, 조명 빛을 받은 먼지들이 나비처럼 훌훌 날아올랐다.

"야오옹."

화월당에 자주 오는 검은 고양이의 울음소리가 들렸다. 녀석은 입에 메모지 하나를 물고 나타났다.

"혹시 손님이 주신 거야?"

"애오오옹."

메모지를 집어 들어 펼쳐보니 주문 물품이 적혀 있었다.

'화월당식 붉은 밤 양갱. 3일 뒤에 찾으러 올게요.'

간단한 주문서였지만 종이에서 오래된 향 냄새가 났다. 그 냄새는 무거우나 탁하지 않았고, 신비로운 기운이 코끝을 맴돌았다. 고양이는 종이만 전달하고는 사료 그릇에 머리를 박고 허겁지겁 밥을 먹었다.

붉은 밤 양갱이라. 할머니가 살아 계실 적에 판매하던 한정

상품이었다. 화월당만의 시그니처 메뉴로, 할머니의 건강이 악화된 시점부터는 제작되지 않았다.

'정말 맛있었는데…….'

가끔 내게도 만들어주신 적이 있었다. 양갱 특유의 단맛과 함께 오묘한 숲 냄새가 풍기는 특이한 맛이어서 좋아했던 기억이 있다. 더 만들어달라고 하기가 겸연쩍어 한 번도 부탁하지는 못했지만 말이다. 돌이켜보면 엄마, 아빠도 그 양갱을 참 좋아하셨다.

'레시피 책자에 있으려나?'

책에는 말차 양갱과 밤 양갱 레시피는 있었다. 하지만 붉은 밤 양갱 레시피는 적혀 있지 않았다. 레시피의 도움 없이 붉은 밤 양갱을 만드는 건 불가능했다. 일반적인 양갱은 적앙금으로 만드는데, 적앙금 자체가 '적' 자와 달리 흑색에 가까우므로 색을 변화시키기가 어려웠다. 검은 것에는 아무리 밝은 색소를 첨가해도 색이 탁해지기만 하기 때문이다.

다채로운 색을 구현하려면 백앙금을 써야 했다. 말차 양갱도 백앙금을 써서 말차 가루로 녹색을 구현한 과자였다. 하지만 양갱 레시피 페이지 최하단에 다음과 같은 내용이 분명히 적혀 있었다.

밤 양갱은 적앙금을 써서 만들 것.

적앙금과 백앙금은 재료에 미묘한 차이가 존재하는데, 밤 양갱과 조화가 좋은 것은 단언컨대 적앙금이었다.

화월당식 붉은 밤 양갱을 주문했다는 건, 분명 적앙금을 써서 홍색 양갱을 만들라는 요청이었다. 이런 희한한 과자를 만들 수 있는 사람은 그것을 개발한 우리 할머니뿐이었고, 그 방법은 내게 전수되지 않았다.

정말이지 나는 모르는 것이 너무 많았다. 모르는 게 생길 때마다 누가 옆에서 대뜸 정답을 알려준다면 얼마나 좋을까? 고민할 필요 없이 말이야.

혹시나 하는 마음으로 휴대폰 속 사월의 연락처를 빤히 바라보았다. 심야였으나 잠들지 않았을 거란 생각이 들었다. 지금 도움을 줄 수 있는 사람은 그나마 사월뿐인데, 내가 감히 물어도 괜찮을지 걱정이 되었다.

"애옹!"

그 순간 고양이가 다가와 퐁 튀어오르더니 손가락을 건드렸다. 얼떨결에 통화 버튼을 눌러버렸다.

당황하여 종료 버튼을 누르려 했으나 이미 신호는 가고 있었다. 이 상태에서 끊어도 부재중 기록은 남을 것이다. 뭐라고 변명하지? 판사님, 저희 고양이가 눌렀습니다요? 변명이 아니었다. 정말로 고양이가 누른 것인데!

"여보세요?"

허둥지둥할 틈도 없이 전화가 연결되었다. 여기서부터는 변명 대신에 자연스러운 척 통화를 해야만 했다. 야밤에 아무런 말도 하지 않고 뚝 끊어버리면 오히려 더 이상할 테니까.

"이 시간에 어쩐 일이에요?"

"지금 화월당에 있는데요."

"그런데요?"

사월은 진실 몇 조각을 내게 고의적으로 숨기고 있었다. 유서에 적힌 '그것'의 위치를 알고 있음에도 알려주지 않는 것만 해도 그랬다. 그런 침묵이 나를 때때로 답답하게 만들었지만, 그럴수록 그가 쥔 조각을 캐내고 싶다는 집요함이 생겼다. 나는 오기와 거리가 먼 사람임에도 말이다.

"사실 통화 버튼은 고양이가 눌렀어요."

"잠꼬대 중이신 거 아니죠?"

사월의 어처구니없어하는 표정이 눈에 선했다. 목을 가다듬고 레시피 책자를 만지작거리며 물을 말을 정리했다.

"망자에게 선주문을 받았는데 구현이 어려운 메뉴라서요. 혹시 사월 씨는 아실까 싶어서요."

"어떤 메뉴인데요?"

"화월당식 붉은 밤 양갱이요. 적앙금을 쓰면서 붉은색 내는 방법 아세요?"

"할머니가 개발한 양갱 말씀이시구나. 꽤 어려울 거예요,

그거."

역시나 사월은 아는 눈치였다. 나는 볼펜을 꺼내 메모 준비를 마쳤다.

"괜찮으니까 방법 좀 알려줘요!"

"방법은 나도 몰라요. 재료를 구하는 곳만 알고요."

"그게 어딘데요?"

짧은 침묵이 흘렀다. 그동안 시곗바늘 움직이는 소리와 화월당을 떠나는 고양이의 발걸음 소리가 들렸다.

"홍석사요."

의외의 답변에 볼펜을 놓고서 두 손으로 휴대폰을 쥐었다.

"양갱 재료를 절에서 찾는 사람이 어디 있어요?"

"그쪽 할머님이요."

휴대폰을 든 채 발길이 이끄는 대로 걷다가 정문 옆 우편함에 쌓인 고지서들을 발견했다. 전기료와 수도세, 각종 납부서가 모르는 사이에 소리 없이 문을 두드리고 있었다. 주인은 떠났어도, 남은 가게는 이렇게 돈을 쓰며 생명을 연장하고 있었다. 계산대 위에는 꼬마를 성불시키고 받은 모자가 그대로 있었다. 나는 그제야 대꾸했다.

"그렇다면 어쩔 수 없군요."

돈이 필요해서든, 붉은 밤 양갱 만드는 방법을 알기 위해서든 가야 할 곳은 분명했다. 내가 사찰로 가는 게 아니라 사찰이 나를 부르는 걸지도 몰랐다. 답변을 들은 사월은 즉시 반응했다.

"같이 가요. 나도 마침 갈 일이 있어요."

"알겠어요. 그럼 그날 봐요."

통화는 짧은 대화를 끝으로 종료됐다.

사월이 함께 가준다고 했음에도, 일이 손쉽게 해결되리라는 생각은 들지 않았다. 근거 없는 기우이긴 하나 사찰에 또 가야 한다는 점이 왠지 모를 불안을 일으켰다. 정체를 알 수 없는 과제를 받은 기분으로 가게 문을 닫고 야심한 시간에 홀로 퇴근길에 올랐다.

집에 도착하자마자 샤워를 한 후 곧장 잠들었고, 할머니가 돌아가신 후 처음으로 악몽을 꿨다. 커다란 경적 소리와 함께 형체를 알 수 없는 피투성이 그림자가 나를 휘감더니 수상한 이야기를 반복했다. 꿈은 꿈꾸는 자가 아닌, 펼친 자의 것. 내 손이 아닌 타인의 손으로 전개되는 꿈속에선 아무리 노력해도 도망치는 일이 불가능했다.

흉흉한 꿈자리에 등이 홀딱 젖은 밤이었다.

❀

3일 동안 나는 기본 밤 양갱 만들기를 연습했는데, 붉은 밤 양갱만큼은 아니었으나 맛이 제법 좋았다. 홍석사 스님과 사월에게 나눠주고자 투명 케이스로 양갱을 포장했다. 거기에 생수 한 병과 물티슈까지 챙기니 작은 쇼핑백 하나가 가득 찼다.

머지않아 사월이 나타났다. 오늘은 신력이 필요한 날이 아닌지 개량한복이 아닌 평범한 캐주얼 의상이었다. 나는 그에게 밤 양갱을 건넸다.

"웬 거예요?"

"집에서 냉녹차랑 드세요."

"모양이 왜 이래? 연습하고 남은 거예요?"

"무당 아니랄까 봐."

"남는 거 처리하는 거네요."

"싫으면 돌려줘요. 내가 먹게."

"아니에요. 고맙게 먹을게요. 모양이 우스워서 더 좋아요."

사월은 선물을 받는 일에 익숙치 않은 듯 실없이 툴툴거렸다. 그 모습이 철딱서니 없어 보였지만, 밉지는 않았다.

홍석사까지 도보로 이동하면 시간이 제법 소요됐지만 차량을 이용하면 가까웠다. 느지막한 낮에 만난 탓에 시간을 지체했다가는 금방 저녁이 찾아올 것이었다. 기본 요금 거리니 나는 사월에게 택시를 제안했다.

"여기서부터는 택시를 타고 가는 게 좋겠어요."

"그냥 걸어요."

"후덥지근하지 않아요? 이왕이면 빨리 가서 빨리 돌아오는 게 좋은……."

"아뇨. 걸어요."

사월은 한사코 도보를 고집했다. 깍지 낀 두 손을 뒤통수에 갖다 대더니 가슴을 쭉 펴고 오후의 햇살도 즐길 줄 알아야 한다며 잔소리를 했다. 부드러운 말투였으나, 택시에 대한 분명한 거절이었다.

"사월 씨는 유독 산책을 좋아하시나 봐요? 저번에도 택시를 안 타려고 하더니."

"걸으면 좋잖아요. 주변 경치도 감상하고."

"여긴 그냥 아스팔트뿐인데요."

"더 걸으면 풀 나와요."

"다른 이유가 있는 거죠?"

구불구불한 길을 몇 차례 지났지만 남은 거리는 짧지 않았다. 며칠간 꿈자리가 나빠 잠을 충분히 자지 못한 나는 금방 체력이 동나버렸다.

"사월 씨, 그냥 택시 타요."

"왜요. 조금만 더 걸으면 돼요."

"컨디션이 안 좋아서요."

꿈에서 봤던 기분 나쁜 존재들이 어깨에 대롱대롱 매달려 있는 듯 홍석사에 다가갈수록 급격한 피로를 느꼈다. 사월이 동의하진 않았으나 어플로 택시를 호출했다. 제아무리 산책이 좋다 해도 눈앞에 택시가 나타나면 같이 타줄 거라 생각했다.

"그럼 연화 씨만 타세요. 저는 걸어갈게요."

"혼자 타라고요?"

"네, 상관없잖아요. 꼭 같이 가지 않아도."

"대체 안 타려는 이유가 뭔데요?"

"버스는 어때요?"

"여기 버스 안 와요."

"그렇다면 연화 씨만 타요."

사월은 내가 택시를 부르거나 말거나 걸어가겠다는 입장을 고수했다. 금방 배차된 택시가 길 끝에서 우리 쪽으로 접근하는 것이 보였다. 지난번부터 느꼈는데 사월은 택시에 대한 사연이 있는 게 틀림없었다. 그러지 않고서야 이토록 끈질기게 거절할 리가 만무했다. 하지만 그는 아무런 설명도 하지 않았다. 무언가 수상한 뉘앙스는 풍기면서 말은 하지 않으니 답답했다.

"왜 속 시원히 설명을 안 하는 거예요? 이것도 우리 할머니가 시킨 건가요?"

"아뇨."

뾰족한 이유 없이 거절만 반복하니 서운한 마음이 들었다.

그냥 저 사람은 택시를 타지 않으려나 보다, 하고 넘기면 그만 인데 그러지를 못했다. 나랑 타기 싫은 건가? 사실은 같이 가 는 게 귀찮은 건가? 자기가 먼저 같이 가자고 했으면서? 순식 간에 별생각이 다 들면서 마음의 면적이 간장 종지만 해졌다.

사람은 가끔 상대의 마음을 섭섭하게 만들 걸 알면서도 필 요한 말을 너무나 많이 생략한다. 할머니도 사월도, 왜 항상 내게는 결과만 말해주고 과정은 설명해주지 않는 걸까. 과정 을 설명하는 게 불편하다면, 그 불편함이라도 상세히 설명해 줄 순 없는 걸까.

이런 생각에 부쩍 예민해진 나는 택시가 도착하자마자 다짜 고짜 사월의 팔을 붙들었다.

"그냥 타고 가요."

"아뇨, 저는 택시는 별로……."

"이유 설명할 수 없으면 나도 굳이 사월 씨 의사 존중 안 할 래요. 추측만 하면서 사는 건 지쳤어요."

나는 갑자기 귀신에 씐 사람처럼 오기가 생겨 뒷문을 열고 사월을 대뜸 태웠다. 몸이 구겨지듯 탑승한 사월이 당황했으 나, 재빨리 나도 들어가 문을 닫아버렸다. 택시는 바로 출발 했다.

택시로 5분이 채 걸리지 않는 거리였다. 사월은 토라진 건 지 창문 쪽으로 고개를 돌려 나를 외면했다. 앉아서 시원한 에

에컨 바람 쐬며 가니 얼마나 편하고 좋아! 나는 등을 푹 기대고 더위를 식혔다. 이제 사월도 생각이 바뀌었을…….

"사월 씨?"

그의 숨소리가 수상했다. 어깨를 들썩이면서 가쁜 호흡을 참고 있었다. 팔로 이마를 반복해서 닦는 걸 보아 식은땀까지 흘리고 있었다.

"괜찮아요?"

사월은 대답하지 않았다. 이윽고 정신을 잃을 것처럼 아득한 얼굴을 하고는 상체를 접어 두 다리 사이에 이마를 댔다. 택시를 타기 전의 나보다 훨씬 컨디션이 나빠 보였다. 가슴을 부여잡고 퍽퍽 두드리는 모습이, 죽기 직전의 응급 환자처럼 보였다.

"기사님, 여기서 내려주세요!"

당황한 나는 택시를 세웠다. 사월은 택시에서 내리자마자 맨바닥에 드러눕듯 쓰러지더니 과호흡을 했다.

"괜찮아요? 무슨 일이에요? 당장 119…….'"

"기다려봐요."

그는 힘들어하면서도 자주 있었던 일인 것처럼 침착했는데, 대뜸 내게서 받은 양갱을 꺼내 먹었다. 배가 고파서 먹는 행동은 아니었다. 여전히 식은땀을 흘리면서도 땅에 주저앉아 양갱을 먹다니. 이해하기 어려운 행동이었으나, 그가 걱정되어 물티슈로 이마의 땀을 닦아주기만 했다.

"사월 씨, 곤란하게 만들어서 미안해요……."

사월은 생전 처음 보는 얼굴로 굳어 있었다. 내뱉고 싶은 분노를 가까스로 억누르는 듯했다. 나는 그가 걱정되는 한편 멋대로 행동해 이 사달을 만든 점이 미안했다.

양갱을 모조리 먹은 그는 평정을 되찾았는지 안도의 숨을 내쉬었다. 이마에 고여 있던 땀도 말랐다. 묶지 않은 머리칼을 뒤로 쓸어 넘기며 원래의 얼굴을 되찾았다.

"앞으론 택시는 사절이에요. 알았어요?"

그는 자신을 곤란하게 만든 내게 화풀이를 하지 않았다. 하지만 화가 안 난 것은 아니었다. 인내할 뿐이었다. 나는 고개를 세차게 끄덕이며 소심히 새끼손가락을 걸면서, 앞으로는 택시를 강요하지 않겠다고 약속했다.

"근데 양갱은 왜 드신 거예요?"

"내가 준 재료로 만들었으니까요."

"그게 왜요?"

"내가 주는 재료는 특별하다고 한 말 기억하죠? 망자의 성불을 돕기 위해 신력을 불어넣어놨어요. 그러니 내 영력이 부족해질 때도 도움이 돼요."

"택시를 타면 영력이 부족해지나요?"

사월이 고개를 치켜들고는 턱 끝으로 앞을 가리켰다.

"다 왔네요. 홍석사."

그는 이번에도 대답을 유예했다.

❀

불상 앞에서 스님을 발견했다. 방문객이 없어 여전히 조용한 사찰의 품속에서 스님은 인기척을 느끼고는 인사를 건넸다.

"스님 저 기억하시지요?"

준비한 쇼핑백을 내밀었다.

"양갱은 선물이에요."

불상을 닮은 스님의 은은한 미소가 홍석사와 잘 어울렸다.

스님은 꼬마의 유품을 확인하고는 이전처럼 대금이 담긴 봉투를 내밀었다. 그사이 사월은 스님과 목례만 주고받을 뿐 별다른 대화는 하지 않았다. 어색한 사이라기보다는 친숙한 사이라 굳이 불필요한 말을 하지 않는 모습이었다.

사월은 곧바로 방석 하나를 가져와 불상 앞에서 절을 했다. 그를 빤히 바라보는 내 곁으로 스님이 다가와 말했다.

"은혜일이라 절을 올리는 겁니다."

사월에게는 들리지 않는 작은 목소리였다.

"은혜일이요?"

"누군가에게 받은 은혜를 기리는 날이지요. 사월이에겐 생일만큼이나 중요한 날이랍니다."

스님의 설명은 간결했다. 그 은혜가 무엇인지, 한 사람에게 생일만큼 중요한 날이 무엇이 있는지, 충분히 물어볼 법한 질문을 이번에도 하지 못했다. 따라서 답도 채워지지 않은 공란으로 남았다. 절을 올리는 행위에 집중하는 사월에게선 평상시와는 다른 엄숙한 기운이 풍겼다. 그가 무당이라는 사실이 다시금 상기되었다.

"사월이와 함께 온 이유는 이 물품을 주는 걸로 끝입니까?"

스님은 시간을 지체하지 말라는 뉘앙스로 내가 해야 할 일을 떠올리게 했다.

"아뇨. 여쭤볼 것이 있어요. 혹시 붉은 밤 양갱 만드는 재료를 아시나요?"

"고양이가 쪽지를 주었지요?"

"어떻게 아셨어요?"

스님이 법전 안의 물품 보관 바구니를 뒤적거렸다.

"뒷산 붉은 바위의 돌가루가 필요하겠네요. 화월당에서 만드는 붉은 밤 양갱에는 그 가루가 들어갑니다. 혼자 채취하는 일은 위험하니 사월이를 데려가시지요."

"먹는 음식에다가 돌가루요?"

"할머님이 남기신 책자에 돌가루를 깨끗이 씻는 법이 나와 있을 겁니다."

은밀한 지령을 하사하듯, 스님은 내게 돌가루를 채취하는 도구를 건넸다. 이번 재료는 자연에서 직접 얻어 식용으로 가공해야 하는구나. 양갱에 돌가루라니. 듣도 보도 못한 조합이었으나 스님이 장난을 칠 리는 없으니 고개만 끄덕였다.

"붉은 바위는 정확히 어디에 있나요?"

스님은 법복을 펄럭거리며 자리를 떠나려 했다.

"스님? 저한테 상세한 위치를 설명해주지 않으셨는데요?"

나는 스님을 쫄래쫄래 쫓아가며 계속 물었지만, 스님은 뒤돌아보지 않고 이 한마디만 남겼다.

"정답을 기다리는 일까지도 모두 정답의 과정이랍니다."

🌸

사월은 스님을 대신해 나를 뒷산으로 안내했다. 슬슬 해가 지기 시작해 혼자 가는 일이 위험하다며, 하산까지 곁을 지키겠다고 했다.

"오늘이 사월 씨에게 특별한 날이라고 하던데, 무슨 날이에요?"

"몰라도 돼요."

이번에도 간결한 말로 나의 물음을 회피하는 그에게 거리감이 느껴졌다. 역시나 그는 친해지기 어려운 사람이었다. 화월당에서 처음 만났던 때로부터 꽤 시간이 흘렀는데, 능글맞은 면모를 보일 뿐 내게 중요한 이야기를 좀처럼 털어놓지 않았다.

"사월 씨는 화월당이랑 우리 할머니에 대한 말만 하시고, 정작 자기 자신에 대한 이야기는 잘 안 하시네요. 비밀이 많으신가 봐요."

은근히 불만을 내비쳤으나, 사월은 입꼬리만 싱긋 올리고 말았다.

그 반응이 나를 더 답답하게 만들었다. 보통 누군가 '너는 비밀이 많네'라고 말하면, 예의상으로라도 '에이, 아니야'라고 부정하지 않나. 혹은 상대의 말 속에 깃든 섭섭함을 포착해 궁금해하는 정보를 조금이나마 알려주거나. 사월의 무응답이 마뜩잖았다.

뒷산으로 향하는 길은 험하고, 경사가 급했다. 데면데면한 분위기 속에서 걷다 보니 울창한 나무의 빈틈 사이로 햇살을 상실하는 하늘이 보였다. 도착지는 인적이 드물어 길도 닦이지 않은 절벽이었다.

"아름답죠?"

곧이어 탁 트인 절벽 너머로 바다 같은 노을이 넘실거렸다. 사월은 허리에 손을 올린 채 뿌듯하게 전경을 응시하며, 홍석사에 올 때마다 구경하는 풍경이라고 말했다. 그런데 스님이 말한 붉은 바위는 어디에도 보이지 않았다.

"한번 찾아보세요."

사월의 말에 나는 도구를 잡은 채 나무 아래의 암석들을 살폈지만, 평범한 회색이나 황색이었다. 사월은 나의 헛다리가 웃긴지 킥킥거리더니, 손가락으로 절벽의 끝을 가리켰다.

"그냥 절벽이잖아요."

"잘 봐요."

눈앞에 보이는 것은 노을로 물든 절벽의 평지였다. 이름 없는 들꽃들과 풀들이 절벽 바깥을 향해 무성히 피어 있었고, 그 위로 다홍색의 어여쁜 노을이 내려앉아 있었다. 한낮에는 초록으로 빛났을 절벽이 내가 머무는 시간에는 새빨간 옷을 입고 있었다. 발밑을 바라보니 풀들 사이로 흙바닥이 보였다. 그 흙을 신발코로 긁으니 금세 암석 부분이 노출되었다.

그제야 스님의 말뜻을 알아차리고 깨달음의 손뼉을 쳤다.

"노을이 내려앉은 이 절벽 자체가 붉은 바위군요!"

사월이 나를 향해 엄지를 치켜세웠다.

"맞아요. 아주 오래전 바위신이 살던 시절, 이 절벽에 불이 난 적이 있었대요. 상냥한 맹인이 불을 꺼주었고, 이에 고마워한 바위신이 맹인과 이 절벽 전체에 신비한 힘을 주었대요. 그래서 이곳 돌은 보통 돌과는 다른 물질로 이루어져 있어요."

248

사월이 설명과 동시에 내 손에 있던 도구를 가져갔다.

"돌가루는 내가 채취해줄게요."

"네? 제가 해야 하는 일인데요."

"절벽에서 하는 일이라 위험해요."

"하지만 이건 제가……."

그는 내 말은 신경도 쓰지 않고 절벽 끝으로 걸어가 바닥을 긁었다. 노을에 얼굴 반쪽을 내어준 그는 붉게 물든 와중에도 여유를 잃지 않았다. 평상시 같으면 고맙다는 말을 했겠지만, 이번에는 이상하게도 고맙다는 생각이 들지 않았다. 그의 말과 행동에 내가 일방적으로 끌려가는 느낌이었다.

"양갱을 만들어야 하는 건 저니까 제가 할게요."

"위험해서 그래요."

"이것까지 도와주진 말아요."

"고집부릴 필요 없어요. 이런 일은……."

이 사람은 분명 나를 배려해주고 있는데 왜 나의 기분은 답답해지는 걸까? 나는 그가 든 모종삽을 뺏었다.

"제가 할 거예요. 제 일이니까."

"왜 화를 내세요? 저는 위험하니까 도와주려고……."

"이 돌가루를 캐내는 방법도 혹시 비밀인가요? 내가 몰라야만 되는?"

"아뇨. 전 그냥 여기 바람이 세게 부니까……."

더 이상 그가 설명하지 않으려는 것들을 궁금해하고 싶지 않았다. 사월을 안쪽으로 밀치고 절벽 끝에 쪼그려 앉아 돌을 긁기 시작했다. 나는 살면서 한 번도 이렇게 막무가내인 적이 없었다. 그런데 이상하게 오늘 사월의 말과 행동이 자꾸만 나의 성미를 자극했다. 그 바람에 나는 지금 나에게도 낯선 사람이 되어 있었다. 사월도 화가 났는지, 왜 도움을 주는 자신을 언짢아하느냐고 언성을 높였다.

그러게. 고맙다고 말해야 하는 상황인데 왜 못나게 구는 걸까. 튀어나온 말도 상황과는 다소 어울리지 않는 모난 말이었다.

"나는 내 마음대로 행동하면 안 돼요?"

그때 절벽 너머에서 갑작스러운 저녁 바람이 불어닥쳤다. 그 바람에서 화월당의 실내와 비슷한 냄새가 났다. 코와 눈구멍을 틀어막는 공기의 흐름에 나는 일순간 중심을 잃고 휘청이다 절벽 밖으로 몸이 기우뚱 휘었다. 눈에 저 멀리의 지상이 훤히 보였고, 아찔한 높이를 가늠하자 심장이 미친 듯 뛰었다. 겁을 먹고 팔을 퍼덕거리며 떨어지지 않으려 애를 썼다.

"위험하다고 했잖아요!"

사월이 다급히 나의 팔을 붙들고는 절벽 안쪽으로 끌어당겼다. 깜짝 놀라 뛰던 심장이 주체가 되질 않았다. 사월은 고집을 피우다가 추락이라도 했으면 어쩔 뻔했냐고 화를 냈다.

250

"돌가루 채취는 나한테 맡기고 저 멀리 떨어져 있어요!"

"일방적으로 명령하지 마요. 내가 요청한 적 없잖아요."

"말이라고 해요? 방금 떨어질 뻔했다고요."

"됐다고요."

"오늘 이상하시네. 내 행동에 왜 자꾸 반기를 드세요?"

"반기?"

심장이 더욱 거세게 뛰었다. 이번에는 추락에 대한 공포 때문이 아니었다. 붉은 노을이 사월의 얼굴 위로 모조리 내려앉으니, 그의 온몸이 타오르는 불꽃으로 변했다. 반면 그 앞에 선 나는 나무들의 그림자에 가려 어둠 속에 있었다.

"그야 사월 씨가 일방적이었으니까 그렇죠."

"절벽에서 작업하는 일이 위험하다는 것 정도는 내가 따로 설명 안 해도 알아야죠."

"이것만 말하는 게 아니에요!"

아마도 내게는 사월 같은 불꽃이 없는 거겠지. 누군가의 이목을 끌고, 다가가게 만들고, 궁금하게 만드는 뜨거운 힘이. 그래서 사월은 내게 더 다가오지도, 설명하려 하지도 않는 거겠지. 본인이 하고 싶은 말만 선택하고 나면 그만이겠지.

그렇게 나는 혼자서 의문을 느끼고, 추측하고, 모르는 것만 잔뜩인 상태로 남았다. 나를 둘러싼 세계와 사람들에 대해 보다 선명하게 알아가지 못한 채, 타인이 주는 도움에만 의존하고 있다. 그 느낌이 나를 치욕스럽게 만들었다.

사실 나는 아주 오래전부터 이런 삶을 싫어하고 있었다.

"난 우리의 차이가 마음에 들지 않아요."

"그야 나는 화월당에 대해 오래전부터 알았으니 당연하죠. 당신의 할머니를 어린 시절부터……."

"할머니는 할머니고, 나는 나예요!"

이런 내가 지겨웠다. 나는 항상 남에게 들은 대로, 지시받은 대로 살아왔다. 어느 것 하나 스스로 일구거나 알아낸 것이 없었다. 은은하게 쌓인 낡은 분노들이 나의 물음을 존중하지 않으려는 사월의 태도로 인해 폭발했다.

"당신이 왜 택시를 타지 않으려는지 알고 싶어요. 우리 할머니랑 무슨 관계였는지, 어떻게 알게 된 건지도 알고 싶고요. 홍석사와는 무슨 인연이 있는지도요. 내가 모르는 것들을 설명해요! 내게도 제대로 된 답을 듣고 싶은 마음이 있다고요!"

사월은 갑작스럽게 쏟아진 나의 분노에 말문을 잃었다. 그러는 동안 해는 땅 아래로 숨어버려 정수리만 빼꼼 내밀고 있었다. 우리 둘 사이에 가장 긴 침묵이 흘렀다. 불어닥치는 바람이 잠잠해진 후에야 그가 겨우 입을 열었다.

"그러면 약속해요. 모든 걸 다 털어놔도 나를 미워하지 않겠다고."

그가 늘 가지고 다니는 작은 방울을 꺼냈다. 신비로운 저녁의 반짝임이 방울 겉면을 감싸고 있었다. 화월당에서 망자들이 유품을 내밀 때 느껴지던 기운과 유사했다. 나는 망설임 없이 다가가 방울 위에 손을 올렸다.

❀

내 두 번째 이름은 사월이었다.

홍석사는 찾는 이들이 많지 않은 사찰로, 목적 없이 이곳까지 오는 사람은 없었다. 주로 두 종류의 사람들이 찾아왔다. 첫 번째는 갖고 싶은 것을 가지기 위해 오는 사람. 예컨대 부나 명예, 건강과 행복처럼 삶에 필요한 것을 부처님께 기도하고자 오는 사람들이었다. 대부분은 여기에 속했다.

두 번째는 갖고 싶지 않은 것을 버리기 위해 오는 사람들이었다. 그들은 자신의 행복을 위해 인적이 드문 사찰에 불필요한 것을 버렸다. 나는 해가 맑게 뜬 4월의 어느 날 사찰 입구에 버려졌다. 내게는 분명 첫 번째 이름이 존재했겠지만, 그것이 무엇인지 알 수 없어진 상태로 홍석사에서 사월이라는 이름을 받았다.

"오월이 형, 오늘도 그 할머니 오신대?"

"응. 오늘은 양갱을 가져온다고 하셨잖아."

"빨리 먹고 싶어!"

"나도."

한 해 더 일찍 버려진 오월 형과 나는 홍석사에서 형제로 자랐다. 홍석사는 버려진 아이들을 가엾게 여겨 동자승으로 길렀고, 독립까지 책임을 졌다. 어쩌면 이런 배려가 되레 홍석사를 무책임한 사람들의 쓰레기통으로 만들었을지도 모른다.

사찰 안은 무료했으나, 기다리는 상대가 있어 다행인 삶이었다. 작은 과자점의 주인이었는데, 대금을 받기 위해 홍석사를 방문할 때마다 우리에게 과자를 나눠주었다. 매번 다른 것을 가져오기에 우리는 절에 없는 산타를 기다리는 마음으로 그녀를 기다렸다.

"사월아, 오월아."

멀리서 여인의 목소리가 들리자마자 우리는 강아지처럼 달려가 안겼다. 여인은 쇼핑백을 양손 가득 든 채로 우리를 끌어안았다. 방문객이 없는 법당 입구에 걸터앉아, 우리는 여인이 준 밤 양갱을 까먹었다.

"스님한테는 비밀로 하거라."

"비밀로 하면 양갱 하나 더 주시나요?"

형이 천진하게 히죽거리자, 그녀는 인자한 미소로 화답하며 양갱을 하나 더 꺼내줬다. 나보다 성격이 외향적이었던 형은 양갱을 입안 가득 오물거리며 기뻐했다.

"이 붉은 밤 양갱은 색도 맛도 다른 것과는 달라요. 최고!"

"붉은 바위의 좋은 기운이 담겨서 그런 거란다. 뒷산의 절벽 돌바닥을 긁어 만들었거든."

일전에 여인은 자신에게 우리와 비슷한 또래의 손녀가 있다고 했었다. 나는 그 아이를 알지 못했지만, 그 아이를 바라보는 여인의 얼굴을 상상할 수 있었다. 과자를 맛있게 받아먹는 우리에게 보여주는 상냥한 미소. 분명 그 여자아이는 미소를 독점하며 살아가리란 생각에 묘연한 동경을 느꼈다.

"양갱이 그렇게 맛있니?"

"네. 맛있어요!"

"케이크나 생크림빵 같은 게 더 맛있지 않아?"

"안 먹어봐서 몰라요, 그런 음식들은."

하지만 이따금씩 내가 목격했던 여인의 측은한 얼굴도 그 여자아이는 알고 있을까?

그녀는 모처럼의 군것질에 신이 난 우리를 쓰다듬으면서도, 어딘가 서글픈 표정을 감추지 못했다. 그녀는 어린 시절 시골에서 친하게 지내던 친구 이야기를 들려줬다. 그 친구는 우리처럼 달콤한 음식을 무척 좋아했고, 도시에서 만드는 초콜릿 케이크를 먹는 게 소원이라 잡지에서 오려낸 케이크 사진을 일기장에 붙이고 자주 들여다보았다고. 하지만 친구는 스무 살을 넘기지 못하고 시골의 풍토병으로 목숨을 잃었다고 했다.

여인은 우리를 볼 때마다 그 친구 생각이 난다고 했다. 그런 마음을 설명하며, 그녀는 '그리움'이라는 말을 썼다.

그리움. 무언가를 그리워한다는 건 무슨 느낌일까? 어린 나는 알 수 없었다.

"양갱이 그렇게 좋으면 우리 가게에 놀러 가련?"

여인은 우리의 손을 잡고 스님에게 가서, 가게에 데려갈 수 있게 해달라 부탁했다. 스님은 두 동자승이 혈기왕성한 나이라 돌보는 일이 쉽지 않을 거라 걱정하면서도, 여인의 자상함에 고마워했다. 덕분에 우리는 참으로 오랜만에 홍석사를 떠나 낯선 곳으로 향했다.

"오월이는 무엇이 제일 먹고 싶니?"

"케이크란 것도 만들어주실 수 있나요?"

"물론이지. 배 터지게 먹어보렴."

"신난다!"

나는 여인의 오른손을, 형은 왼손을 잡고서 길을 걸었다. 비록 자주 보는 사이도, 많은 말을 나눈 사이도 아니지만 여인은 우리에게 홍석사가 아닌 다른 세상을 보여주고자 하는 몇 안되는 존재였다.

"사월이는?"

"저는……."

나는 머릿속에 한 번도 먹어본 적 없는 양과자들을 떠올렸다. 크림이라는 것은 아주 하얗고 보드랍다던데. 먹으면 입에서 솜사탕처럼 녹아버려 씹히지도 않는다던데. 마시멜로라는 건 또 어떨까. 그건 잘 말린 이불처럼 뽀송뽀송하다던데. 초콜 릿칩은, 바닐라는, 티라미수는……. 궁금한 음식들이 많았다. 마음 같아서는 전부 부탁하고 싶었다.

일찍 철이 든 나는 디저트의 대가로 지불할 돈이 한 푼도 없다는 걸 알고 있었다. 부모가 나를 버려 홍석사에 신세를 지고 있다는 사실을 깨닫게 된 순간부터 나는 늘 타인을 향한 미안 함을 품고 자랐다. 어린 나는 그 감정을 부채감이라는 단어로 명확히 정의할 수 없었기에, 늘 감정을 함구했다.

끝내 원하는 것을 답하지 못한 채로 화과자 가게에 도착 했다.

여인은 냉장고에서 케이크 시트를 꺼내 형이 먹고 싶어 하 는 생크림 케이크를 만들어주었다. 몹시 신기한 음식이었다. 빵인데 퍽퍽하지 않았고, 커다란 덩어리를 포크로 한 번에 찍 어 한 입 물면 순식간에 부피가 줄어들었다.

"맛있니?"

"네!"

"이것도 먹어보렴."

여인은 냉장고에서 마시멜로와 티라미수도 꺼냈다. 가게에 서 만든 게 아니라 마트에서 미리 구입한 제품이었는데, 입 밖으로 꺼낸 적 없이 혼자서 상상만 했던 것들이었다.

"나한테는 신력이 있어서 너희 마음을 엿볼 수가 있단다."

"귀신이에요?"

"하하하, 귀신이라니."

비밀스러운 능력으로 우리를 기쁘게 해주는 사람. 루돌프가 곁에 없어도 그 여인은 우리 세계의 유일한 산타였다.

나와 형은 먹어보지 못했던 간식들을 실컷 탐했다. 시간이 오래 흐르면 필시 그리워질 만큼 각별한 맛이었다. 중간중간 기쁨을 주체하지 못하는 어린아이가 되어 환호를 지르거나 춤을 추기도 했다. 엉덩이를 들썩거리며 포크로 티라미수를 떠먹는 오월 형의 우스꽝스러운 몸짓이 여인을 웃게 만들었다.

"세상에는 달콤한 것도, 기쁜 것도 아주 많단다. 갇혀 있지 말고 누리면서 살거라."

"우리는 홍석사에 갇혀 있는 건가요?"

"아니. 자유로운 사람이 되기 위해 열심히 자라는 중이란다."

"자유로운 사람!"

자상한 음성과 함께 꼭꼭 씹어 삼킨 디저트들이 모두 사라지자, 우리는 부푼 배를 두드리며 홍석사로 돌아갈 준비를 했다. 여인은 스님도 취식이 가능한 비건 쿠키를 몇 개 챙겨 우리를 데려다줄 채비를 했다.

"빨리 돌아가서 이것도 다 먹어버릴래!"

흥이 가시지 않은 형은 가게 문을 열고 밖으로 뛰쳐나갔다. 하루를 충분히 즐겼어도 어린아이의 고양감은 떨어지지 않았다. 형은 얼른 스님들에게 쿠키를 주고 싶다며 달리기 시합을 제안했고, 나도 그런 형을 따라 홍석사를 향해 달려갔다. 뒤에서 여인이 같이 가자고 외쳤지만 한 귀로 흘렸다.

해가 남아 있는 저녁이었다. 사찰 뒷산의 붉은 절벽처럼 온 세상이 홍색의 비단을 뒤집어쓰고 뺨을 태우는 시간. 차창 너머의 아름다운 하늘에 시선을 뺏긴 택시 운전사가 우리 쪽으로 부주의하게 접근했다.

"얘들아, 잠깐만!"

별안간 내 몸에 부딪는 커다란 무쇠 덩어리가 느껴졌다. 나와 오월 형의 몸이 동시에 붕 떴다. 전혀 신이 나지 않는 비상이었다.

"사월아! 오월아!"

쿵 하는 소리와 함께 머리에서 빨갛고 축축한 것이 흘렀다. 사방에 쿠키들이 조각조각 부서져 널브러지는 게 보였다. 스님들 드려야 하는데…….

오월 형과 나는 마주 보며 추락하고 있었다. 내가 마지막으로 본 것은, 눈을 뜬 채로 바닥에 떨어진 형의 얼굴이었다.

나는 사월의 방울에서 황급히 손을 뗐다. 사월은 이후의 상황을 설명했다.

교통사고로 두 형제는 빈사 상태가 되었다. 이를 본 할머니는 형제의 목숨을 살리기 위해 신력을 불어넣어 영혼이 몸을 떠나지 않게끔 조치를 취했다. 그 덕에 형제는 가까스로 목숨을 구했다. 그 후로 꽤 오래 후유증에 시달렸으나, 마침내 건강을 회복했다. 사고 때 전이받은 신력으로 인해 사월은 무당이 되었고, 형은 무당으로 살지 않고자 성인이 되자마자 독립하여 해외로 떠난 것이었다.

"문제는 사고 뒤였어요. 생과 사는 총량이 정해져 있다는 말 들어봤어요? 하나가 살면, 하나는 죽어야 해요. 죽을 운명이었던 형제를 살린 탓에, 할머니는 벌을 받아 다른 두 사람을 잃어야 했어요. 똑같은 교통사고로."

"설마……."

사월이 주머니에 넣어둔 지갑에서 사진 하나를 꺼냈다. 그건 할머니가 찍은 어린 시절의 내 사진이었다.

"늘 부채감을 느끼며 살아왔어요. 그래서 할머니가 당신을 내게 부탁하셨을 때, 처음으로 마음이 홀가분해졌어요. 줄곧 기다렸거든요. 은혜를 갚을 기회가 생기기를……."

사월은 나의 부모가 자신과 형을 대신해 죽었다는 사실을 깨우친 이후로 줄곧 죄의식에 시달렸단다. 할머니 또한 자신의 충동적인 선택이 딸과 사위를 죽게 만들었다는 사실에 한평생을 괴로워했다고 한다. 내게 미안함이 너무 커서, 내 부모의 죽음에 대해 돌아가시는 순간까지도 제대로 설명하지 못한 걸까.

혼란스러웠다. 부모님의 죽음이 사월과 그의 형 때문이라니……. 순간 눈앞의 남자가 증오스러웠다.

"말하지 못해서 미안해요."

"어떻게 이런……."

여태껏 나를 도왔던 사월의 행동들이 내 부모의 목숨값이라 생각하면 치가 떨리면서도, 사월 역시 불쌍한 사람이라 마음 놓고 미워할 수도 없었다. 사월이 죽음을 면한 것은 사월의 뜻이 아니었다. 그러니 그에게 죄는 없었다. 하지만 그럼 내 부모님의 죄 없는 죽음은, 내가 겪은 기나긴 상실은 누가 책임진단 말인가.

"저 먼저 하산할게요."

그와 마주 보고 있는 것이 괴로워 재빨리 등을 돌렸다. 사월이 나를 붙잡으려 했지만 그와 더는 이야기하고 싶지 않았다.

"연화 씨, 할머니를 너무 미워하지 말아요……."

듣고 싶지도 않았다. 채취한 돌가루와 용품만 챙겨 달아나

듯 산을 내려갔다.

🌸

화월당으로 돌아온 나는 멍한 상태로 적앙금만 만지작거렸다.

스님의 말씀처럼 레시피 책자에 돌가루를 빻고 세척해 식재료로 정제하는 방법이 있었다. 눈앞에 보이는 건 글씨요, 움직이는 건 내 마음이 아닌 오로지 내 손이었다. 그 외에는 아무 생각도 하지 않고 앙금과 돌가루를 섞었다. 기계가 된 기분이었다.

정말로 돌가루는 적앙금과 반응하여 붉은색을 띠었다. 드디어 화월당의 시그니처 메뉴 붉은 밤 양갱 만들기에 성공한 것이다. 하지만 기쁘지 않았다. 수많은 감정이 한꺼번에 몰아친 바람에 오히려 감정이 마비된 듯했다. 양갱을 포장하고, 손님이 찾으러 오기만을 기다릴 뿐 다른 행동은 할 수 없었다.

"애오옹."

자정이 가까워지자 검은 고양이가 나타났다. 나는 고양이 앞에 무릎을 꿇고 포장한 양갱을 건넸다. 고양이는 자리에서 떠나지 않고 나를 가만 올려다보았다.

"이걸 만들려다가 버거운 사실을 알아버렸어."

차라리 물어보지 말걸. 역시 진실이란 모르는 게 약이구나. 내 곁에 남은 것이라곤 감당하기 어려운 과거뿐이었다. 이제 알게 되었어도 그 무엇도 바꾸지 못했다. 어렸을 때 할머니가 모든 걸 말해줬다면 차라리 나았을까. 내게 이겨낼 시간을 주었다면 지금쯤이면 훌훌 털어냈을지도 모른다. 복잡한 감정 끝에 고개를 드는 마음은 원망이었다. 결국 나의 상실은 전부 할머니 때문이었던 걸까.

"애오오옹."

고양이는 그런 나를 위로해주고 싶은지 머리를 내 발등에 콩 갖다 댔다.

"이해할 수 없어……."

마음이 흙 속에 파묻혀도 지금보다 갑갑하진 않을 것 같았다. 숨을 쉬고 있는데도 숨이 막혔다. 나는 그대로 고개를 떨구며 길게 한숨을 내쉬었다. 그때 고양이의 몸에서 환한 빛이 쏟아지더니 사람의 형상으로 변했다.

"잘 지냈니?"

양갱을 든 채 나와 동일한 자세로 웅크리고 앉은 사람. 고양이의 정체는 다름 아닌 할머니였다.

"이제 다 알게 됐구나."

갑작스레 나타난 할머니의 모습에 당연히 놀란 감정이 먼저였으나, 금세 원망이 차올랐다.

"왜 그러셨어요?"

"죽어가는 아이들을 살리고 싶어 한 마음이 그런 결말을 만들 거라고는 생각하지 못했단다. 운명이 남겨놓은 너라도 잘 키우려고 최선을 다했지만, 진심을 털어놓지 못해 늘 죄책감을 갖고 살았어. 정말로 미안하다…….."

"부모님이 너무 가엾고, 저는 아무것도 납득하고 싶지 않아요! 이 진실을 알기까지 너무 많이 기다려야 했어요. 왜 한 번도 제대로 설명하지 않으셨던 거예요?"

"겁이 났단다."

할머니의 새까만 눈이 처음 보는 진동을 만들어내고 있었다. 이것은 단지 상황을 무마하기 위해 약한 척하는 변명이 아니었다.

겁. 몹시 간결하여 한없이 무거운 그 단어가 내 마음 안에 고요한 태풍을 불러왔다. 기억 속 할머니는 두려움과는 거리가 멀었다. 겁이란 건, 오히려 할머니에게만큼은 버림받고 싶지 않다는 마음에 많은 질문을 삼키며 살았던 내게 어울리는 말이었다. 늘 내게 어려운 사람이었고, 한순간도 마음을 터놓지 않았던 사람. 비밀스러운 거리를 유지했던 그녀도 사실은 나와 다를 바 없이 겁을 가진 존재라는 사실이 생경하게 다가왔다.

"이기적인 마음에 너무 오랫동안 회피했어. 죽은 후에야 남

의 입을 빌려서 알리게 된 나를 얼마든지 증오해도 할 말이 없
단다. 정말로 미안해."

"그래서 평생 나와 가까워지지 못했던 거예요?"

"손녀가 나를 미워하게 되는 일이 정말로 두려웠단다."

"뭐야……."

우리는 다를 바가 없는 사람이었다. 생각보다 강인하지 않
았던 망자를 향해 동질감을 느낀 순간, 더 이상 그녀를 원망이
라는 뾰족한 꼬챙이로 찌를 수가 없었다. 나와 유사한 사람을
어떻게 꿰뚫고, 할퀴고, 자를 수 있을까.

"일찍 말해줬다면 우리는 다르게 살았을 거예요."

"알고 있단다. 하지만 진심을 말할 수 없도록 태어난 사람들
이 있어. 나는 그런 내가 바뀌는 순간만을 기다리며 살았단다.
결국 이렇게 죽음을 경험한 후에야 가능하게 됐구나. 그러니
연화 너는 그렇게 살지 않았으면 해."

할머니는 머뭇거리다 나를 품에 감싸 안았다. 망자임에도
불구하고, 오래전 느꼈던 그 온기가 남아 있었다.

"연화야, 말하지 못하는 사람들의 마음을 먼저 들으며 사는
사람이 되어주렴. 나는 실패했어도, 너는 할 수 있을 거야."

할머니의 낡은 얼굴이 꼭 나의 것처럼 보였다. 그 얼굴 안
에 담긴 회한이 낯설지 않았다. 그녀는 흰 한복의 소맷자락에
서 거울 하나를 꺼냈다. 그 거울 속에는 환한 얼굴로 웃고 있

265

는 엄마와 아빠의 모습이 보였다. 젊은 시절 그대로였다. 하지만 왠지 과거의 장면이 아닌 것처럼 보였다.

"우리는 천국에서 망자들을 맞이하며 살고 있단다. 그리고 네 엄마 아빠는, 네가 행복해지기만을 바란단다."

"할머니도 내 행복을 바라나요?"

"당연하지."

할머니는 이 고백을 위해 죽음까지도 기다림의 과정으로 희생시켜버렸던 걸까. 나는 언제나 내가 알지 못하는 비밀들을 원망하며 살았는데, 그 비밀들에도 모두 얼굴이 있어 갸륵한 모습을 숨기고 있었구나. 타인을 포용하지 못했던 지난날을 반추하며 할머니의 말을 곱씹었다.

자정이었다. 망자가 화월당 문밖으로 떠날 준비를 하는 시간. 하늘에 걸린 밝은 달이 살아 있는 사람의 자비를 독려했다.

결국 이것은 불가항력이었다. 그녀가 내게 용서를 구하고, 내가 그녀를 용서하는 일. 미움과 원망을 이겨내는 모든 과정이 운명처럼 오늘 내게 주어졌다. 살아생전 다 품지 못했던 사람을 향해 고개를 끄덕였다. 모든 걸 다 이해해야만 안녕을 말할 수 있는 건 아니었다. 누군가의 두려움까지도 포용하겠다는 작고 사사로운 용기, 그 용기만으로도 끄덕임은 가능했다.

나는 할머니의 손을 잡아주었다.

"정말로 고마워⋯⋯."

나의 용서를 받은 후에야 할머니는 홀가분한 얼굴로 내게 목례를 했다. 이것이 우리의 마지막 인사임을 깨닫고는 고요히 기도했다. 이 땅을 떠나는 당신의 발걸음에 슬픔이 없기를. 비록 산 사람이었던 시절 우리 사이에는 따뜻한 말이 부족했지만, 그만큼 앞으로의 그리움에는 따뜻함이 깃들기를.

"할머니, 안녕히 가세요."

"연화야, 앞으로 잘 살렴. 너를 기억하는 모든 망자가 네 행복을 기도한단다."

할머니는 거대한 연기가 되어 바람에 흩날리면서도 형체를 간신히 유지하며 나아갔다. 잘 살라는 말이 우리의 작별이 되었다. 모든 질문과 기다림의 종착지였다. 할머니는 죽어서야 내 삶의 이정표가 되어 먼 하늘의 별을 향해 떠났다.

❀

뜻밖의 손님과 이별한 후, 평상시처럼 마감을 준비했다. 마음이 조금은 편안해져 두세 개밖에 남지 않은 붉은 밤 양갱을 집어 먹었는데 유독 맛이 좋았다. 적당히 달콤한 앙금과 담백한 견과류의 맛, 돌가루에서 느껴지는 특유의 숲 냄새. 어디에도 없는 특별한 맛이었다. 신묘한 힘이 깃든 재료로 만든 양갱이 다정한 손길처럼 혀를 보드랍게 쓰다듬었다.

하지만 돌가루를 소량만 가져왔으니 추가로 더 만들 수는 없었다. 사월과의 관계가 껄끄러워져 홍석사 가는 길도 편치 않을 테고…….

"아직 계셨네요."

양반은 못 되는 사람이었다. 사월이 소심히 유리문을 열고 고개를 내밀었다. 산에서 종지부를 찍지 못한 대화를 이어가고 싶은 듯했다. 하지만 나는 그러고 싶지 않았다. 할머니와는 좋게 마무리했지만 그것이 사월에게까지 적용되는 건 아니었다.

"마감했어요."

나는 냉정하게 말하며 가게를 정리하는 시늉을 했다. 사월은 내 태도에 무안해하면서도 떠나지 않았다.

"사과를 하고 싶어서 왔어요."

대답하지 않았다. 더 대답해봤자 변명 같은 말만 들을 게 뻔했다.

"모든 걸 다 터놓지 못해서 미안해요. 몇 번이고 사과해도 연화 씨 마음이 안 풀릴 거라는 걸 아는데요, 그래도 지금은 미안하다고 말하고 싶어요……."

사월은 평상시와 달리 주눅이 들어 마른세수를 반복했다. 나는 누군가 미안하다고 사과하는 순간에까지 화를 낼 수 있을 만큼 모진 사람은 아니었다. 찬바람이 불어오니 타올랐던 분노도 망가진 기계처럼 힘을 잃고 주저앉았다. 분명 산에서는 그가 밉고 끔찍하게 여겨졌는데.

할머니와 내 부모님은 죽었다. 덩그러니 남은 것은 형제와 나뿐이었다. 누구를 원망해야 하지? 할머니는 용서해버렸으니 눈앞의 사월이라도 미워하면 그 원망을 해소할 수 있을까?

그리고 원망을 해소한 후에는 무엇이 남을까. 스스로 답을 찾지 못한 나 대신 사월이 말을 이었다.

"새로이 얻은 삶을 사과하는 마음으로 여태껏 살아왔어요. 나로 인해 연화 씨가 잃은 걸 내가 보상해줄 수는 없겠죠. 죽음은 무엇과도 바꾸지 못하니까. 하지만 내가 할 수 있는 일을 해주고 싶어요. 내가 받은 삶만큼은 못 되겠지만⋯⋯."

"이기적이시네요."

"그럴지도 모르죠⋯⋯."

"사월 씨는 사월 씨 마음의 안위를 위해서 사과하는군요."

"저는 다만 이 화월당에 깃든 할머니의 노력을 지키면서⋯⋯."

주먹을 꽉 쥐었다. 해야 할 말이 정돈되기도 전에 풍선 속 바람이 빠지듯 세차게 쏟아져 나왔다.

"나는 나예요! 할머니의 손녀가 아니고, 화월당을 물려받은 사람도 아니고, 나는 나란 말이에요."

뱉고 보니 이건, 사월에게 할 말이 아니었다. 할머니에게 할

269

말도 아니었고, 돌아가신 부모님에게 할 말 또한 아니었다. 내 내면에 웅크린 자아에게 해야 할 말이었다. 내 삶을 꽉 옭아매고 있던 사슬은, 바로 내 안에 있었다.

나는 언제나 나이고 싶었다. 누군가의 의지를 대신 실현하거나 남을 돕기 위해 사는 것은 내가 진실로 원하는 삶이 아니었다. 그 속에서 보람이나 기쁨을 찾는 일은 가치가 있겠지만, 진정한 나를 찾기 전까지는 의미가 없었다. 할머니의 침묵이 만든 공백은, 부모님의 죽음과 관련된 것만이 아니었다. 가장 가까운 이와의 대화가 거세됨으로써, 진정한 나를 발견하는 과정도 공백이 되어버렸다.

어른으로 살아가며 평생토록 채워야 하는 공백. 나는 벌써부터 그것이 버겁게 느껴져 타인의 삶을 끌어안을 자신이 없었다.

"가세요. 늦었어요."

나는 사월을 문밖으로 밀어냈다. 그를 쫓아내면 마음이 편해질까. 사월은 밖으로 쫓겨나면서도, 나를 바라보는 일을 멈추지 않았다.

"알고 있어요."

"뭘요?"

"저는 언제나 연화 씨를 연화 씨로 보고 있었는걸요."

"화월당에 깃든 할머니의 노력을 지키고 싶으시다면서요."

고개를 들어 사월을 노려보았다. 듣기 좋은 말을 듣자고 야심한 시간에 당신과의 대화에 응한 건 아니라는 점을 알길 바랐다.

"당연히 지키고 싶죠. 할머니의 노력도요. 하지만 지금 화월당에 있는 건 연화 씨이고 난 그걸 모르지 않아요."

"똑같은 말을 여러 번 하지 말아요."

"똑같은 말을 여러 번 하는데 왜 모르는 거예요?"

사월이 주머니에서 돌가루가 든 비닐 팩을 꺼내 내밀었다. 아마도 내가 먼저 산을 내려간 후로, 혼자 늦게까지 절벽에 남아 채취한 것이리라…….

"앞으로도 연화 씨 곁에서 계속 돕고 싶다는 거예요. 나를 위한 말처럼 들려서 이기적이라고 생각할 수도 있겠지만, 그래도 나는 당신을 돕기 위해 살아왔어요. 화월당의 의지를 잇고, 할머니의 노력을 지켜가는 건, 내 인생에서 최우선인 당신을 돕는 일의 일환이라고요."

사월의 눈 안에 청명한 달빛이 가득 담겼다. 결코 망자의 눈에서는 볼 수 없는, 총기와 생기를 모두 머금은 눈빛이었다. 그는 말을 이었다.

"앞으로는 내게 묻는 질문에 대답해주는 사람으로 살고 싶어요. 기회를 주세요, 연화 씨."

나는 늘 남을 위해 살 뿐이고, 누구도 나에게 원하는 답을 들려주지 않는다 생각했다. 사월은 그런 나의 인생에 예외가 되려 했다. 내게 답을 주기 위해 살아가고 싶다고 말하는 사람. 언제나 쓸쓸히 부유할 뿐인 세상에서 그가 곁에 머무르겠다며 내 이름을 호명한 순간, 어떤 시의 아름다운 구절처럼 내 이름도 꽃이 되었다. 그의 말은 앞으로의 나는 절대 혼자가 아니라는 확언과도 같았다. 삶이 기지개를 켜고 넓어지려 했다.

그는 다시 화월당 안으로 들어와 계산대 옆으로 가더니, 허리를 숙여 유독 삐걱거리는 부분을 덮은 바닥재를 들췄다. 그 아래에 비밀 공간이 있었고, 그 안에는 열쇠로 잠긴 작은 함이 있었다. 그가 나를 향해 고개를 끄덕였다.

"이제 때가 됐어요. 당신은 모든 걸 받을 자격이 있어요."

사월이 내민 손 위에 나의 작은 세계를 포개보았다. 비로소 그는 나의 동료가 되었다.

7장

에필로그

할머니에게 붉은 밤 양갱을 건넨 후로 망자들의 방문은 크게 줄었다. 사월은 아마도 할머니의 성불과 함께 화월당의 신력이 감소하여 망자들이 다른 가게를 찾아가는 것 같다고 추측했다. 중요한 것은 지금도 이 세상 어딘가에는 망자의 성불을 돕는 신비한 가게들이 존재한다는 사실이었다.

　망자 손님이 뜸해지니 홍석사에 납부할 유품도 줄어들어, 화월당은 매달 운영비를 유지하기 위한 전쟁을 치러야 했다. 나는 뜻깊은 장소인 화월당을 포기하지 않고, 오전 시간부터 문을 열어 본격적인 영업을 시작했다. 자영업자의 리얼 라이프를 살게 된 셈이다! 그 덕에 손님 수가 확 늘었다. 물론 살아 있는 손님이었다.

　"붉은 밤 양갱 5구 세트 팔렸나요?"

　"죄송해요. 낮에 다 팔렸어요."

　"듣던 대로 인기가 어마어마하네요. 벌써 세 번째 방문인데."

"예약을 하시겠어요? 매일 오전 11시에 양갱이 나오거든요."

화월당의 트레이드마크인 붉은 밤 양갱은 인스타그램에서 입소문을 타면서 2030대의 인기를 끌었다. 북적이는 가게가 낯설었지만, 망자가 아닌 끓어넘치는 청춘의 기운이 가득해지는 게 나쁘지 않았다. 하늘에서 이 풍경을 보고 계시다면 할머니가 좋아하실 것 같았다.

"사월 씨, 돌가루 채취 내일까지 100그램 더 해 오세요."

"또요? 그냥 절벽을 통째로 뜯어 오라고 하지 그래요."

"월급 받고 싶지 않아요?"

"괜히 돕겠다고 했다가 쥐꼬리만 한 월급 받으면서 이게 무슨 신세야. 월급 좀 올려줘요. 나도 손님들이 목에 끼고 다니는 헤드폰 사고 싶단 말이에요."

"빚이 한참 남았는데 어딜!"

투덜대는 사월의 품에 포장지를 안겨주며, 구시렁거릴 시간에 화과자 세트나 만들고 있으라 지시했다.

아 참. 할머니가 숨기신 '그것'은 비밀 함에 숨겨진 토지 문서였다. 할머니가 내게 알려주지 않은 유산 중에는 과거 홍석사에서 대금 대신에 수취한, 홍석사 뒷산의 토지 소유권이 있었다. 변호사는 상속을 진행하며 요긴하게 쓰일 자산이라고 축하해주었으나, 안타깝게도 해당 토지가 최근에 그린벨트로 묶인 탓에 당장은 매매가 어려웠다. 덕분에 1억의 빚은 청산되지 않았고, 나는 화월당 장사에 최선을 다해야만 했다.

물론 낙심하지는 않았다. 내 제과 능력은 나날이 좋아지고 있으며, 사월의 재료 덕에 화월당 제품을 먹고 나면 행운이 생긴다는 소문까지 생겼다. 인스타 입소문 덕에 금방 지역 맛집이 되어 제품을 생산하는 족족 솔드아웃 안내판을 붙여야 했다. 바쁘고 정신없지만, 사회에서 1인분을 해내는 건실한 사람으로 살아간다는 성취를 만끽하는 중이다. 아니다, 사월의 월급도 주니까 나는 최소 2인분은 하고 있었다.

"그럼 예약할게요. 내일은 제가 못 오니 남편 이름을 적을게요. 붉은 밤 양갱 5구 세트랑…… 혹시 그것도 파나요?"

여자는 단어를 까먹은 듯 손을 휘적거리며 어떤 과자를 묘사하려 했다. 나는 그 손짓에 집중했다.

"그 뭐더라…… 갈색에 짭짤하고……."

"갈색에 짜다면 간장 당고요?"

"아뇨. 어렸을 때 좋아했는데 갑자기 왜 생각이 안 나지. 바삭바삭하고, 둥글고……."

한창 여자의 수수께끼를 풀고 있을 때 정문이 열리더니 쇼핑백을 든 이령이 나타났다. 오전 반차를 쓴다는 그녀에게 내가 부탁 하나를 했기 때문이다. 쇼핑백 안에는 내가 깜빡하고 집에 놔두고 온 물건이 들어 있었다.

"으휴, 웬수야. 금쪽같은 연차 날에 심부름을 시키다니!"

이령이 이를 바득바득 갈며 나를 잡아먹을 듯한 표정을 지었다. 나는 그런 이령을 향해 장난스레 웃었다. 손님은 계속해서 과자 이름을 떠올리는 중이었다.

"미안. 인테리어 소품으로 걸어두고 싶었는데 자꾸 들고 오는 걸 까먹어서 말이지."

부탁한 것은 첫 번째 망자가 두고 간 수국 원피스였다. 홍석사에서 물건의 쓰임새가 다하지 않았다며 돌려준 것이었다. 오전 영업을 시작하면서부터 은밀한 상징물 삼아 벽에 걸어두기로 결정했는데, 출근하면서 갖고 나온다는 것이 하루이틀 깜빡하더니 오늘까지 이르게 된 것이다.

원피스를 걸어둘 만한 자리를 탐색하던 중, 여자가 드디어 이름을 떠올린 듯 검지를 치켜세웠다. 그 검지에 붉은 점이 있었다.

"전병이요! 전병! 어?"

오늘이구나. 이 옷의 쓰임새가 실현되는 날이.

"사장님, 이 원피스 혹시……."

나는 여자에게 원피스를 내밀었다. 원피스 속에서 노랗게 피어오른 수국을 응시하는 여자의 얼굴에는 놀라움과 슬픔이 섞여 있었다. 사월이 상황을 눈치챈 듯, 여자의 뒤에서 몰래 손을 모아 기도를 올렸다. 분주했던 화월당에 일순간 고요하고 평화로운 흐름이 감돌았다.

"이 옷이 어떻게 여기에……."

"비매품이지만, 마음에 드시면 가져가셔도 되어요."

할머니의 말은 사실이었다. 삶이 달아나도 인연은 달아나지 않으니, 우리는 마지막 순간에 늘 웃으며 헤어지게 되어 있다. 결국 인연이란 돌고 돌아 헤어져도 끝이 아니었다. 망자와 산자 사이에 선 화월당, 나는 이곳에서 맺은 새로운 인연들에 감사하며 여자의 손을 꼭 잡아주었다.

"당신이 행복하길 바라신대요. 언제나요."

본 소설은 작가의 상상력을 바탕으로 한 허구의 이야기입니다. 작품 속 등장하는 모든 인물, 단체, 사건 등은 실제 현실과 무관하며, 작가의 창작물임을 밝힙니다.

시간이 멈춰 선 화과자점, 화월당입니다

초판 1쇄 인쇄 2024년 12월 4일
초판 1쇄 발행 2024년 12월 11일

지은이 이온화
펴낸이 이경희

펴낸곳 빅피시
출판등록 2021년 4월 6일 제2021-000115호
주소 서울시 마포구 월드컵북로 402, KGIT 19층 1906호

ⓒ 이온화, 2024
ISBN 979-11-93128-08-4 03810